CONTENTS

1. プロローグ〈傾国の毒薔薇〉 007
2. 青薔薇姫は、かく目覚めり 018
3. 星の使いとの契約 050
4. 黒き補佐官は手を伸ばす 060
5. 姫殿下の覚悟と、王の器 123
6. 青薔薇に課せられし試練 205
7. ローゼン侯爵、ジュード・ニコル 213
8. エピローグ 新たな幕開け 260

番外編

クロとクロ 268
うちの坊ちゃんは、ちょっとばかし面倒くさい 276

Princess Blue Rose and Rebuilding Kingdom

青薔薇姫のやりなおし革命記

Princess Blue Rose and Rebuilding Kingdom

1. プロローグ 〈傾国《けいこく》の毒薔薇〉

その夜、ハイルランド王国が王都エグディエルの街道は、多くの民が溢れ出ていた。

その日は奇《く》しくも〈星祭《ほしまつり》の夜〉――守護星の祝福により初代王がハイルランドを建国した日を祝う祭の夜であり、本来であれば人々はめいめいが手に灯籠《とうろう》を持ち、エグディエルを横断するエラム川にそれを流すはずだった。

だが、灯籠に代わり民らが持つのは鍬《くわ》や斧《おの》、その形相たるや、憎しみに駆られた鬼のようであった。目に怒りを宿し、口元を憎悪に歪ませ、彼らは口々に叫び練り歩く。

「殺せ!!」

「エアルダールの犬を殺せ!!」

「ハイルランドの誇りを穢《けが》すものを殺せ!!」

夜空の深い青に染まるハイルランドの国旗が各所で翻《ひるがえ》り、王都のあちこちで上がる火煙が激しい衝突の気配を運ぶ。時が過ぎるにつれ、ますます増えていく人の流れは、王都の中心にそびえる壮麗なるエグディエル城へと長く伸びていた。

建国よりハイルランドを治めてきたチェスター家末裔にして、現フリッツ王が妃、アリシア・チェスター・ヨルムは、従者らと共に回廊を足早に逃げていた。

晴れた春の空を閉じ込めたかのように輝くスカイブルーの髪に、同じく澄んだ空色の瞳。白き肌は絹のようと、類まれなる美貌に生まれた彼女を、かつて人々は〈青薔薇姫〉と褒めたたえたものだ。だが、その青薔薇姫の美貌も、今や民衆をなだめる道具にはならない。

「アリシア様、この先にはまだ暴徒の影はございません」

「この先に水路がございます。そこまで行けば、先の道も開けましょう」

「わかっている。わかっているわ」

王妃を逃がそうと急かす従者たちに、しかしアリシアの反応は鈍い。美しい瞳に焦りを滲ませ、忙《せわ》しなく周囲を窺う彼女の興味は、彼らとは別のところにあった。

「陛下は、フリッツ様はご無事なの？　お姿が見えないわ。まさか、暴徒の手にかかっていないわよね」

「王妃様！」

従者の声に、微《かす》かに苛立ちが混じるが、アリシアの耳がそれを聞き分けることはない。それほどまでに、暴動が始まってから姿を見せることのない、愛する夫を案じていた。

むろん、アリシアの身とて安全ではない。太陽が城下町に沈むのと同時に沸き上がった暴動の波は、すでに城門の前にまで押し寄せていた。立ち上がったのは市民だけでなく、若い貴族や近衛騎士団までもが混ざっているという。城を暴徒が埋め尽くすのも時間の問題だ。

気遣わしげに後ろを振り返るアリシアに、辛抱強く従者は続けた。

「時間がございません。誇りあるチェスター家の血を引くのは、もはやアリシア様のみ。王妃様がいらっしゃらなければ、誰がハイルランドを統《す》べましょう。今は、堪《こら》えて先をお急ぎください」

「何を言うの⁉　ハイルランドを統べるのは、王たるフリッツ様よ。その御身を軽んじることは、私が許しません」

従者の言葉は正しかったが、皮肉にも狙いとは逆向きにアリシアを決意させた。

「私は、フリッツ様の御身をお救いに参ります。志を同じくする者だけ、後に続くがいい」

高らかに告げられた宣言に、応える従者は誰もいない。だが、目は口ほどに物を語っていた。美しい瞳で従者たちを見渡したアリシアは、嘆息してから踵《きびす》を返した。

「いいわ。あなたたちは先に行き、道を拓いておきなさい。これは命令よ。必ず、陛下をお連れするわ」

光を受けてきらめく長い髪をなびかせ、アリシアはひとり複雑な回廊を駆けた。遠くに剣が交わる音がリズムを奏でたが、幸いに彼女の行く手を阻む暴徒の影は見えない。

隣国エアルダール帝国の絶対君主、女帝エリザベスの嫡子であり、エアルダールの皇位継承順位第一位であるフリッツ王を、大半の民が疎《うと》ましく思っていることは知っている。

国境を接する二国の宿命で、エアルダールとハイルランドの間にはいくつも戦争があった。この婚姻も、先の戦争で先王ジェームズがエアルダール兵の矢を受けて命を落とした後に成立したもので、戦勝国による敗戦国の支配と見る者が多い。

だが、彼の祖国が父の仇であろうと、アリシアはフリッツを愛していた。宮廷舞踏会で出会った瞬間から、アリシアの心は彼に奪われてしまったのだ。

そう。フリッツ王の心が、これっぽっちも自分に向いてなどいなくとも。

「陛下!! フリッツ様!!」

いくつもの広間を駆け抜け、ようやく探しあてた愛しい人の背中に、アリシアは精一杯の想いを乗せて呼びかけた。

星霜《せいそう》の間――ハイルランドの歴史を最も感じさせる、偉大なる歴代の王や聖人たちの像が並び立つ回廊、そのちょうど真ん中のあたりで、アリシアに呼びかけられた人物が振り向いた。

柔らかくウェーブする金の髪に縁どられた、伝承に謳われる天使と見紛うほどの秀麗な顔がこちらを向いたとき、再会の喜びに震えたアリシアの笑顔は固まった。

「アリシア……」

「陛下、シャーロット、様」

無数の柱の合間に佇む美貌の王は、その腕の中に恋人を抱いたまま、後ろめたげに視線を彷徨わせた。負い目は感じつつも、隠すように寵姫《ちょうき》を庇うフリッツの姿に、アリシアの心は軋んだ。

王の胸に抱かれた人をひと言で称するなら、可憐な人だ。アリシアの眩《まばゆ》い美貌には到底並ばないが、くりりと丸い瞳は物怖じというものを知らず、何より印象的な赤い髪が見る者を惹きつける。

疾《と》うの昔にわかっていたことだが、改めて目の前に突きつけられるのは、さすがにこたえる。フリッツ王の心に住むのは、この、シャーロット・ユグドラシルだけだ。

「いたぞ!! 星霜の間だ!」

しばし見つめ合い硬直していた両者は、アリシアの背後で上がった声にはっと我に返った。石造りの床を駆ける無数の足音が、残された時間が少ないことを如実に語っている。追いすがりたい気持ちを振り払い、アリシアはフリッツ王の前方を示した。

「お急ぎください、陛下。水路へお向かいくださいませ。私の従者が、そこで陛下をお待ちしておりましょう」

「だが、そなたは、」

「早く!!」

急き立てられたフリッツ王は、何か言いたげに口を開いたが、思い直したように表情を引き締めて頷いた。そして、赤髪の合間から気遣わしげにこちらを窺うシャーロットの肩を抱き、無数の石像が並び立つ回廊を駆けていった。

アリシアが決死の思いで、愛する王とその寵姫を逃がした直後。

その背中を見送ることも叶わぬうちに、ガチャガチャと金属がこすれる音を轟かせて、ざっと10名ほどの武装した男たちが星霜の間になだれ込んできた。

近衛騎士団の制服も混じっているが、彼らが王を守るためにこの場に駆けつけたのでないことは、表情を見れば明らかだった。回廊の先に、逃げるフリッツ王とシャーロットを見つけたのだろう。中心に立つ指揮官のような男が、怒りに口元をゆがませた。

「この期《ご》に及び、まだ恥を上塗りするか！　フリッツ王!!」

「先を行くことはなりません!!」

無数の剣とぎらつく視線にさらされ、アリシアのすらりとした肢体が恐怖に震えた。それでも、毅然とあごを引き、道を阻むように手を掲げる姿には、王族の威厳が感じられた。

それは、暴徒たちにしても同じだったのだろう。アリシアひとり、突破することなど造作ないはずなのに、剣を構えるだけで横を走り抜けようとはしない。

「アリシア王妃」

ふとすれば噴き出してしまいそうな怒りを押しとどめようとするように、深い呼吸を繰り返してから、中心に立つ男が一歩踏み出した。

こんなときなのに、その男がひどく美しい顔の造りをしていることにアリシアは驚いた。ここが暴動の最中などではなく、煌《きら》びやかな宮廷舞踏会の場であったなら、さぞ若い貴婦人たちの熱い視線を独り占めにしたに違いない。

アリシアの髪が抜けるような晴天の色であるなら、男のそれは夜の帳《とばり》の色。それだけでも珍しいのに、切れ長の目からのぞく瞳は深い紫で、彼のミステリアスな印象を深めている。すっと整った鼻梁や薄い唇は精悍で、気品漂う身のこなしやすらりと背の高い体に纏う服装は、華美ではないが貴族のそれを思わせた。

と、ここまで目立つ外見をしているのにもかかわらず、アリシアはその男を知らなかった。艶めく漆黒の髪といえば、かつて栄華を極めた古い貴族の家に、そうした珍しい髪色を持つものがいると小耳に挟んだことがあるが、この男はその家の出なのだろうか。

だが、男の美しい顔に浮かぶのは、激しい怒りと渦巻く憎悪であった。アリシアが歴代王の血を引く末裔であるということが、かろうじて男に敬語を保たせていた。

「道をお譲りください、アリシア王妃。ハイルランドの威厳の象徴たるあなたに、どうか、剣を向けるなどという愚行を許しなさいますな」

「であれば、そちらが剣を引けばよい」

竦《すく》む体を奮い立たせて、アリシアは容姿端麗な襲撃者を睨み返した。剣の柄を握る男の手に、微かに力が増した。

「恐れながら、王妃様がフリッツ王を庇う必要がどこにありましょうか。あの男は先王陛下の敵であり、ハイルランドの民に圧政を敷くに飽き足らず、愛人を連れ込み、あなた様まで愚弄した。我らが誇りを、幾重にも踏みにじった男です」

「だとしたら、何です！」

空駆ける鳥の如く澄んだ声が、石造りの回廊にこだました。自らを鼓舞するように、アリシアは凛と声を張り、続ける。

「民が私をハイルランドの象徴というのなら、フリッツ様は、その象徴たる私が愛するお方。チェスターの血に忠義を尽くすというのなら、その剣を、フリッツ陛下を護るためにこそ使うべきではありませんか！」

「……この国の誇りは、かくも落ちぶれたか」

アリシアを映す紫の瞳が、すっと冷え込んだ。苦々しく吐き捨てる男の表情からは、すべての色彩が失われたかのように見えた。

まずい。本能的な恐怖を受けて、アリシアが後ずさろうとしたとき、男が動いた。どすりと胸を突く衝撃が襲い、アリシアは目を見開いた。揺れる視界の先で、男の剣がアリシアの胸を貫き、自らの血が刃を伝って床に零《こぼ》れ落ちるのを見た。

「どう……して」

「〈傾国の毒薔薇〉め」

ずるりと剣が引き抜かれ、支えを失った体が大理石の床に崩れ落ちる。震える手で、アリシアが自身の胸に触れると、生暖かな鮮血が細長い指を赤く染め上げた。

自らの血だまりに身を横たえたアリシアの脇を、男たちが走っていく気配がする。だが、それを止めるすべは、もはや彼女には残されていなかった。血が流れ出るにつれ、視界は霞み、手足はしびれたように力が入らなかった。

「愛におぼれ、心の目を曇らせ、民から背を向けた結果がこれだ。あの世で己が罪を悔やむがいい」

蔑みの色を浮かべて、紫の瞳がアリシアを見下ろす。アリシアの目には、漆黒の髪を持つその男が、まさしく死神のように映った。そして事実、男の剣に貫かれた傷によって、アリシアの命の灯火はかき消されようとしていた。

霞んでいく思考の中で、アリシアは何度も自問した。

いったい、どこで道を違えてしまったのだろう。賢王と名高い父に愛され、〈青薔薇姫〉とみなに賛美されていたかつての自分は確かに幸せだったはずだ。

それが今では、愛する者からは愛されず、臣下からは見放され、蔑みと憎しみの目を向けられながら、冷たい床の上で事切れようとしている。

アリシアの頬を、熱い雫《しずく》が伝って零れ落ちた。もし、正しい道を選び取っていたら、自分は違った生を歩むことができたのだろうか。これほどにまで惨めな最期を、迎えずに済んだのだろうか。

どれくらい、そうしていただろう。どさりと重いものが落ちたような音がして、アリシアはいつの間にか閉じてしまっていた瞼を薄く開いた。

もはや焦点を結ぶことも難しくなった視界の先で、何かが動く。ころころと転がり、アリシアの冷えた指にぶつかって止まったそれは、よく磨かれた木筒であった。

その光景を最期に、アリシア・チェスター・ヨルムの瞳からは、永遠に光が失われた。


……はずだった。

天蓋のある大きな寝台の上で、アリシアは荒い呼吸を何度も繰り返した。心臓が早鐘《はやがね》のように胸を打ち、全身からはどっと汗が噴き出ていた。

「シア？　大丈夫かい？　……シア？」

そうだ。アリシアは、汗で貼りついたネグリジェを夢中で引き剝がし、胸に開いたはずの致命傷を探した。だが、アリシアの白い柔肌《やわはだ》には、傷跡ひとつ見あたらない。

……おまけに、これは何の冗談なのか？

「顔が真っ青だよ。やっぱり、主治医を呼んだほうがいいんじゃないかな？」

「しかし陛下、姫様のお熱はすっかり下がっておいでのようで……」

心配そうにやり取りをするふたりの大人を、アリシアは亡霊を見る心地で見つめた。人好きのする丸顔と、見る者を和ませるふくよかな体つきのその人を、アリシアが見間違うはずがない。ベッド脇に腰かけて眉を八の字にするその人は、エアルダールとの先の戦争で命を落としたはずのジェームズ王、つまりアリシアの父だ。

それだけなら、まだいい。いや、よくはないが、枕元に亡霊が立ったと納得しよう。恐る恐る、アリシアは姿見に目線を移した。視界の端で映っていたあり得ない光景に、つい後まわしにしてしまっていたが、そろそろ本格的に向き合わないとならないのだ。

部屋を映し出す大きな鏡の中から、少女がアリシアを見つめ返した。どう見ても10歳前後に見えるその少女は、空色の髪と瞳をしていて、おまけにアリシアが動くのと同じに動いた。

間違いない。鏡に映る少女は、アリシア自身だ。

「あれ……？」

王妃アリシア・チェスター・ヨルム改め、王女アリシア・チェスターは、盛大に首を傾げたのだった。

2. 青薔薇姫は、かく目覚めり

頭上から垂れ下がる天蓋のレースを見つめながら、ベッドでひとり、アリシアは状況を整理することにした。

先ほどまで部屋の中にいたジェームズ王とアンリ・フーリエ女官長は、休みたいというアリシアの言葉を聞いて、すでにこの部屋にはいない。ふたりにも聞きたいことはたくさんあったが、どうやら現状を奇妙だと感じているのはアリシアだけのようで、下手に質問をすればアリシアのほうこそ奇怪に思われてしまいそうだったのだ。

だが、こうして一度冷静になる時間を作ったのは、アリシアにとって正解であった。

まず、いちばん重大な発見は、アリシアは10歳の少女に違いない、ということだった。違いないというのは、つまり、目覚めた瞬間は記憶が混濁していたが、冷静に考えれば、自分は先月10歳を迎えたばかりの王女であった。

では、ベッドで目覚める直前に見た光景はなんだったのか。もし、アリシアが第三者に相談していたならば、その誰かは「ただの夢だ。気にするな」と答えただろう。

なにせ、昨日の昼頃から、アリシアは高熱を出して寝込んでいたのだ。おかげで意識は朦朧《もうろう》とし、医者やら侍女やらに世話を焼かれながら、気を失うように眠りについた。その結果、あれだけ後味の悪い夢を見てしまったと考えれば、一応筋は通る。

だが、アリシアは確信していた。

あれは、ただの夢などではない。あれは、記憶。遠い昔、自分の身に起きたことだ。

(これって、とっても変なことよね……)

可愛らしい顔をしかめて、アリシアは頭上の天蓋を睨んだ。

夢の中で、わが身を襲った凄惨な出来事。取り巻く環境も、事件も、10歳になったばかりのアリシアには、身に覚えがあるはずがない。にもかかわらず、アリシアはあの「革命の夜」を知っていた。

正確には、思い出したのだ。よくもまあ、あれほどに強烈な記憶を忘れていたものだと、疑問にすら思う。一度蘇《よみがえ》ってしまえば、血が失われていく感覚も、全身が永遠の闇の中に溶けていく恐怖も、つい昨日のことのようにリアルに蘇るというのに。

とにかく、かつて自分は死んだ。

そして、もう一度、同じ人生を生きている。

(……ああ、もう！　考えれば考えるほど、霧に包まれていくみたいだわ)

なぜ、死んだはずの自分が生きているのか。

なんのために、終わったはずの人生を、もう一度たどっているのか。

それらの疑問を解消するには、とにかく情報が少なすぎた。アリシアは、革命の夜を迎えるに至った経緯――便宜上、彼女はそれを『前世』と呼ぶことにした――を思い出そうとした。だが、どれほど頭を捻《ひね》っても、夢の中で蘇った光景や知識以外は、全くといって浮かんでこないのだ。

これは、〝すっきり思い出せなくて、ややもやする〟ということ以上に、由々しき問題だ。すなわち、この先の未来で、もう一度あのような死に際を迎える羽目になるということだ。

前世の記憶があれば、不安な芽を一つひとつ摘んで、未来を回避することもできるだろう。だが残念ながら、アリシアには「革命の夜」の記憶しかない。といって、このまま何も手を打たなければ、重ねて同じ死に方をするであろうことは明白だ。

（そ、それだけはごめんだわ！）

絶望的な思いで、アリシアはベッドの上で身をよじった。あれほどに惨めな最期を再び迎えるくらいなら、よっぽど、あのまま永遠に命を落としていたほうがましだ。

何か手がかりはないか。どんな些細《ささい》なことでもいいのだ。

アリシアが懸命に記憶を手繰《たぐ》り寄せようとしていると、控えめにドアがノックされた。

「ずいぶんと、お加減がよくなったように見受けられます。朝にお目覚めの際は、相当血の気が引いておいででしたが」

侍女のアニとマルサに食膳を用意させている傍らで、アンリ・フーリエ女官長はアリシアの額に手を重ねて、ほっとしたように告げた。

フーリエ女官長は、かつてはアリシアの亡き母、つまり王妃の部屋付き女官だった侯爵夫人で、王宮勤めが長い古株だ。愛想は少ないが公正な人物であり、古今東西に通じる広い知識と正しきことを貫く芯のある姿勢で、王やほかの女官から厚く信頼を得ていた。

そういえば、フーリエ女官長の姿を革命の夜に見ることはなかったなと、アリシアはぼんやり思い返した。だが、単に見かけなかっただけなのか、すでに王宮勤めを辞したあとであったのかまではわからない。つくづく、ごく一部分しか記憶を持たないというのは不便だ。

「あのときは、ひどい夢を見たあとだったから。私、うなされてなかったかしら？」

「はい。高熱が引かなかったのかと、こちらまで青ざめましたね」

さりげなく探りを入れてみると、フーリエ女官長は大して気にする素振りもなく頷いた。記憶を取り戻したことによるアリシアの動揺を、この優秀な女官長は、体調を著しく損ねたためのものであると納得しているらしい。

アリシアは口をつぐみ、アニが用意してくれたパン粥を口に運んだ。正直なところ、待ち受ける未来への不安は胸に重くのしかかり、食欲など全くわかない。だが、無理に食事を飲み込むことで、同時に、夢の記憶をも胸の中に押しとどめた。

フーリエ女官長が頼りになる人物であることは間違いないが、融通の利く人物とは言い難い。

仮にアリシアが来《きた》るべき運命の日について打ち明けたなら、女官長は恐らく、アリシアの気が変になってしまったと思うだろう。

女官長だけではない。ベッドで思案しているときに、「前世の記憶について、誰にも打ち明けない」と、アリシアは決意を固めていた。到底、信じてもらえるとも思えないし、そもそも自分でもうまく説明できないことを口にするのは、得策ではないのだ。

平静を装いつつも、鉛のように重く感じる粥を四苦八苦しながらアリシアが飲み込んでいると、女官長は気遣わしげに眉をしかめた。

「熱は下がったものの、昨夜からのお疲れが残っているかもしれません。今夜の式典は、アリシア様は欠席といたしましょう」

「式典？　えっと、今日は何の式典だったかしら？」

虚をつかれて、アリシアは首を傾げた。女官長のほうは、そんなアリシアの反応を予想していたらしく、澱みなく答えた。

「本日帰国するエアルダールの視察団の、慰労式典です。国内の貴族しか招かれておりませんから、陛下も、不調を押してまで出席する必要はないと仰っています。今回ばかりは、私もそれに賛成いたしましょう」

なるほど、そうした内容の式典であれば、どうりで記憶の隅にも残らなかったわけだ。もともとアリシアは王宮式典など、多くの人間が集まる場が苦手だ。幼くして母を亡くしたため、王も自分に甘いところがあり、他国の外交が絡むような大きな式典でなければ、めったに参加してこなかった。

「ならば、お父様に甘えて……」

ほっと表情を緩めて答えようとして、アリシアは胸がざわつくのを感じた。

瞼の裏に浮かんだのは、蔑むように見下ろしていた、恐ろしく端麗な男の姿だった。

「どうかなさいましたか？　アリシア様」

「いえ……」

ぶるりと震えて肩を抱いたアリシアに、フーリエ女官長はいぶかしんで目を細めた。

あの男、漆黒の髪に紫の瞳を持つ襲撃者が誰なのか、アリシアは知らない。だが、前世であの男と対峙《たいじ》したとき、自分は彼を「貴族ではないか」と推測していた。

もし本当に貴族であれば、いくつか式典に出席するうちにひょっこり本人が顔を出すかもしれないし、少なくとも、あの目立つ外見であれば、手がかりを摑めるかもしれない。

死神の化身にも見えた男のことを思い出すだけで、アリシアの白い肌はあわ立つ心地がしたが、このまま、どこの誰とも存ぜぬまま放置しておくほうが、かえって恐ろしくもあった。

「やっぱり、今夜は出席するわ。お父様にも、そう伝えて」

「はい？」

「え!?」

王女の意外な申し出に、鉄仮面とも称される女官長の表情が崩れた。後ろでも、思わずといった様子で声を上げてしまったアニとマルサが、あわてて互いの口をふさいでいる。

「そんなに驚くことかしら？　……それとも、急に予定を変更したら、みなに迷惑をかけてしまう？」

「いいえ！」

女官長と侍女、3人の声が見事に重なり、彼女たちは顔を見合わせた。こほんと咳払いをして、代表して女官長が口を開く。

「いつ何時でも、アリシア様が王女としての役目を果たせるよう、私共は常に準備ができております。ご安心くださいませ。ただ、アリシア様から出席の意をいただくのは初めてのことで……」

元の無表情を取り戻したものの、率直な物言いが女官長の動揺を物語っている。

たしかに今まで自分は、父王が許してくれるのをいいことに、ああだこうだと言い訳を並べ、式典を欠席してきた。そのたびに、社交界デビュー前だから後半の舞踏会は欠席するにしても、式の頭ぐらいは出席しておくべきだと、女官長からは再三に忠告を受けてきた。

面倒だからと聞き流していただけに、女官長の動揺はきまりが悪い。

「少し、思い直したの。これからは、もう少し公の場所に出て、貴族たちのことを学んだほうがいいかなと。……って、泣くほどのことじゃないと思うのだけど」

「いえ、いえ。アリシア様がご立派になられて、このフーリエ、感激至極です。リズベット様も、天国でどれほど安心していらっしゃることか」

リズベットというのは亡き王妃、つまりアリシアの母のことだ。部屋付き女官となる前から、王妃と女官長とは友人だった。

だからフーリエが、「早逝した親友のために、その娘を立派な王女に！」と固く誓ったのは当然の流れだとは思うが、式典に出ると宣言しただけでこうも喜ばれると、かえって複雑である。

結局、妙に張り切った女官長の采配のもと、同じくやる気に満ち溢れた侍女たちに磨き上げられて、やっぱり欠席しておけばよかったとアリシアは内心ぼやいたのだった。

宮廷楽団が音楽を奏で、左右に分かれて貴族たちが並び立つ。そんな大広間の中央には、赤いカーペットがまっすぐに敷かれ、その最奥の壇上にて、アリシアは国王の隣にちょこんと腰かけていた。

「ほら、アリシア様よ。今日もなんと可愛らしい」

「日増しにリズベット王妃に似ていくようだわ」

「まさしく、ハイルランドに咲く青き薔薇姫だ」

「ジェームズ王はかの愛らしい姫君に、いかなる伴侶を選ぶつもりなのだろうな」

ああ、やっぱり、面倒くさい。

大広間のあちこちから注がれる貴族たちの視線を気にしないように努めながら、アリシアは溜息をつきたくなるのを堪《こら》えた。

記憶の中にある母はとても美しい人で、いつも柔らかな微笑みを浮かべ、愛しい子と呼びながらアリシアの髪を優しく撫でてくれた。

その母を深く愛していたが故に、子がアリシアひとりであるにもかかわらず、ジェームズ王は後妻を迎えようとはしなかった。

そのため、貴族たちがアリシアに向ける目は、いち王女に向けるよりもずっと熱いものであった。なにせ、アリシアの夫となるものは、いずれこの国の王となるのだから。

もちろん、ハイルランドの長い歴史の中では、女王が国を統治した時代もあった。だが、そのほとんどが臨時的なものであり、たいていは王女の夫が国王に指名されるか、それが叶わぬ場合はほかの男性王族が後を継いでいた。

おかげでアリシアが公務に顔を出せば、侯爵以上の貴族は我先に息子を売り込もうと群れを成す。ただでさえ、宮廷教育を朝夕に施されて疲れ果てているというのに、明らかに期待した様子の貴族に囲まれるというのは、大層な苦痛であった。

(だから、公務は嫌いなのよ)

内心に愚痴りながらも、それでも表面上は笑顔を浮かべているあたり、宮廷教育の賜物である。

ところで、公務嫌いのアリシアが主張を曲げてまで式典に出席することになった、問題の漆黒の髪の男だが。

(いない……わよね?)

大広間に並ぶ貴族たちをざっと見渡して、アリシアは形のよい眉をくいと寄せた。金銀赤茶と髪の色はあまたあれども、あれほど目立つ色を見落とすはずがない。壇上に座るおかげで、背の低いアリシアでも広間を見渡せるのだから、なおさらだ。

これは、さっそく無駄足になってしまったかな。

もとより一発で見つかるとは思っていなかったが、なんとなく拍子抜けした。そのときになって、自分が件《くだん》の男との再会に、相当緊張していたことに気がついた。

「シア、体は大丈夫かい?」

肩の力を抜いて背もたれに身を預けたアリシアを、ジェームズ王が心配そうに覗き込んだ。前に家臣たちが、ジェームズ王は東方に伝わる福の神のようと言っていた。福の神なるものを見たことはないが、人好きのする王の性格や外見も、家臣、民を問わず慕われる様も、その呼び名にぴったりだと思う。

「大丈夫よ、お父様。そろそろ始まるのでしょう?」

「途中で苦しくなったら、退席してもいいのだからね」

アリシアが頷くと、ジェームズ王はくしゃりと笑って、アニたちが結い上げてくれた髪が崩れないようそっと撫でてくれた。それが合図になったのか、そばに控えていた王の筆頭補佐官であるナイゼル・オットーが右手を掲げた。

高らかにファンファーレが鳴り響き、視察団の面々を迎えるべくジェームズ王とアリシアが立ち上がり、両手を広げた。それに応え、正装した騎士ふたりが大広間の扉を両側に引いた。開け放たれた入口の中央、赤いカーペットが敷かれた道の上に、視察団の面々が姿を現す。政治を司る各府省からの選出者、王の諮問機関たる枢密院に属する有力貴族の子息数名、王国トップの教育機関である王立学院の首席卒業者と、計10名に及ぶ視察団はそうそうたるメンバーだ。

2年にわたりエアルダールを視察してまわっただけあって、彼らの目は一様に聡《さと》く、こうした場にあっても堂々としている。と、彼らが一礼するのを見守っていたアリシアは、あるひとりを見つけた途端に凍りついた。

硬直するアリシアの前で、艶やかな黒髪を揺らして、白く秀麗な顔がゆっくりと持ち上がる。その印象的な瞳と視線が交わる前に、耐えきれずにアリシアはうつむいた。

いた。まさか、こんなに早く見つかるなんて。

広間を満たす宮廷楽団の演奏も、視察団の歩みを見つめる貴族たちのざわめきも、すべての音が遠ざかっていく。その代わりにやたらと耳につくのは、激しく胸を叩く己の心臓の音と、カーペットの上を迷いなく進む男の足音だ。

わずかに視線を上げると、そこに革命の夜の男の姿が見えた。紫の瞳に憎悪の炎を燃やし、薄い唇に呪詛の言葉を浮かべ、鈍く輝く剣を握りしめた男が、アリシア目がけて歩みを進めていた。

全身が恐怖に震え、汗が背中を伝い落ちた。男が一歩踏み出すたびに、アリシアの心は絶望に塗りつぶされていく。死が、死そのものが、アリシア目がけて近づいてくる。

ついに悲鳴を上げそうになったとき、大きな手がアリシアの肩を摑んだ。

「シア？　顔色が悪いね」

「……ごめんなさい、お父様」

傍らに立つジェームズ王にささやかれた途端、瞬時に白昼夢は消え去り、アリシアは現実に引き戻された。当然ながら、黒髪の男の手に剣はなく、その顔に激しい怒りを浮かべてもいない。

どっと疲れたアリシアが、息を吐き出したのと、視察団の10人が玉座の前に並ぶのとがほぼ同時だった。

「ロイド・サザーランドが長男、リディ・サザーランドにございます。国王陛下、今宵は私共のために、このような場を設けてくださり、厚く御礼申し上げます」

王を前に跪《ひざまず》く視察団の中で、代表して中央の男が恭《うやうや》しく口上を述べた。サザーランド家は枢密院に名を連ねる公爵家であり、ロイドはその現当主だ。そうした自負のためか、リディの話し方や所作には、どこか気取った様子が見て取れた。

「みな、長きにわたる勤め、誠にご苦労であった。彼《か》の国では、有意義な時を過ごせたか？」

「もちろんにございます。ハイルランドの威信は疑うべくもございませんが、彼の国は数多《あまた》の驚きに満ち満ちておりました」

リディとジェームズ王の間で、謝辞と労いとがいくつか交わされる。その隙にアリシアは、他に倣《なら》って頭《こうべ》を垂れる黒髪の男を、こっそりと盗み見た。

目の前の男は、記憶の中にあるよりもずっと若かった。髪や瞳の色といった特徴はもちろんのこと、恐ろしいまでに整った顔や均整のとれた体つきは、前世の姿と変わらない。だが、聡明な横顔は記憶にあるよりも若く、抜身の刃のような鋭さは存在しなかった。

「此度《こたび》の視察団派遣は、隣国との国交を回復させた先王の世からの悲願であった。貴殿らの学びを、この国のために活かしてくれることを期待しているぞ」

「もったいなきお言葉にございます。我らがみな、この身に代えて、忠義を尽くしましょう」

芝居がかった口調で、リディが深々と頭を垂れる。ジェームズ王は全員に立ち上がるように求め、彼らはすぐに従った。

「リディ・サザーランド」

「はっ」

リディを最初にして、王が順番に一人ひとりの名を呼んだ。名を呼ばれたものは、高揚のために耳や頬を微かに赤くしながら、短く答えた。ほかが全員呼ばれ、いよいよその男の番となったとき、アリシアは一言一句聞き漏らすまいと息を詰めた。

「クロヴィス・クロムウェル」

「はっ」

美しい外見に違《たが》わず、耳に心地よい低めの声が返事をしたとき、アリシアはその名を深く胸に刻んだ。

クロヴィス・クロムウェル。

それが、近い将来に、アリシアの命を奪う男の名であった。

視察団の名を呼び終えたジェームズ王は、広間に集うすべての貴族に向けて、両手を掲げて呼びかけた。

「我、貴殿らの帰還とさらなる飛躍をここに祝す。今宵は存分に楽しんでおくれ。今日この日が、王国の新たな門出となるように」

「ハイルランドに、栄誉あれ！」

オットー補佐官に続き、広間中に復唱が響き渡る。わっと歓声が上がって、宴は幕を開けた。

先ほどまで高らかなファンファーレを打ち鳴らしていた宮廷楽団は、打って変わって軽やかなワルツを奏で始めた。

使用人たちにより静々と、しかし、てきぱきと軽食がテーブルに並べられ、客人たちは泡立つ琥珀色の液体を銘々に嗜《たしな》んだ。

「陛下、アリシア様はここで」

「うむ、そうだね」

近づいて耳打ちしたフーリエ女官長に、王はこくりと頷いた。この先の宴は、ダンスを楽しんだり、軽食を摘《つま》みながら他の貴族との交流を深めたりと、社交界デビュー前のアリシアには早い内容なのである。

それに、アリシア本人もそろそろお暇《いとま》したい頃合いである。件の男を見つけたばかりか、その名前を知ることができたのは、大きな収穫だった。しかしこれ以上、自分の命を奪った男と同じ部屋にいたくはない。

この後は、まず貴族名鑑でも見ながら、クロヴィス・クロムウェルの情報を集めよう。アリシアはそんなことを考えながら、作法に則《のっと》りドレスをちょこんとつまみあげて礼をし、退席しようとした。

それを、意外なことに王の腹心が引き留めた。

「陛下、アリシア様。ご機嫌麗しゅうございます」

「おお、ナイゼルか。今宵はご苦労だった」

本日の式典の進行役でもあったオットー補佐官に微笑みかけられ、立ち去りかけていたアリシアは姿勢を正した。

この、髪に灰色が混じる壮年の男を、仕事と人間性の両方で、王は高く買っていた。そのため、アリシアも彼に親愛の念を抱いており、オットーのほうも懐《なつ》くアリシアを可愛がってくれていた。

「こんばんは、ナイゼル。会えて嬉しいのだけれど、私、そろそろ席を外さなくてはならないの」

「そうかと思い、慌てて馳《は》せ参じた次第でございます」

オットー補佐官の言葉に、女官長の眉がぴくりと動いた。彼の言いまわしが気になったのは、アリシアとて同じであった。つまり彼は、なんとしてもアリシアを引き留めたかったということである。

「何か訳があるのだな。かまわぬ、申してみよ」

「実は、陛下とアリシア様、おふたりにお目にかけたい若者がおります。陛下の御世《みよ》はもちろんのこと、アリシア様の代まで、この国を支える主柱となりましょう」

なるほどなるほど、と、ジェームズ王は面白そうに繰り返した。瞳が愉快な色を浮かべてきらりと光る。

「お主がそこまで言うからには、よほどの人物なのだろうな。私も、ぜひ会ってみたい。通すがいい」

「ありがとうございます。――ふたりとも、こちらへ」

肩越しに後ろへ呼びかけた補佐官の視線の先を追って、アリシアはさっさと退席しなかったことを後悔した。


「そうかそうか。ナイゼルが会わせたいというのは、お主らのことだったか」

「お目通り感謝いたします、陛下」

アーモンド色の瞳を楽しげに細めて、ジェームズ王は視察団に参加していたふたりの若者――ロバート・フォンベルトとクロヴィス・クロムウェルを見つめた。改めて王を前に名乗ったふたりは、緊張した面持ちで頭を垂れている。

（なんで、あなたがここにいるのよ）

アリシアはといえば、微妙に父王の背中に隠れる位置で、クロヴィスの憎らしいほど整った顔を睨んでいた。前世では顔すら知らなかった男が、一夜のうちに何故こうも絡んでくるというのだろう。

自分を射抜く視線に気がついたのか、紫の瞳がつと上を向き、アリシアを捉えた。その途端、剣を振りかぶるクロヴィスの燃え上がる瞳や、流れ出る血が大理石を赤く染め上げる光景がフラッシュバックし、アリシアの全身に震えが走った。

顔が青ざめ、素早く目を逸らした年下の王女を、クロヴィスは疑問に思ったに違いない。だが、取り繕う余裕は、今の彼女にはなかった。小刻みに震える手を隠し、一刻も早くクロヴィスが目の前から去ることを望むばかりだった。

「それで、ナイゼル？　出立前の式典でも面会し、先ほども顔を合わせたにもかかわらず、あえてお前が仲介してふたりを連れてきたのは、よほどの思い入れがあってのことかな」

「はい。此度の視察団は、将来、王国を担うにふさわしい逸材を集めたと自負しております。しかしながら、その中でも、このふたりは群を抜いて有望であるため、連れてきた次第です」

早く終わってほしい。そんなアリシアの望みも空しく、ふたりの若者にジェームズ王は興味津々であった。

「フォンベルト、君は騎士団からの代表であったね。そして、クロムウェル。君は、王立学院の首席卒業者としての参加だ」

「そんなことまで、覚えておいでしたか！」

思わずといった様子で、ロバートが驚きの声を上げた。騎士団所属の肩書にふさわしく、まっすぐに伸びた銀髪を一本にきっちりとまとめ、美しくも凛々しい印象を与える若者である。

「王国の代表として隣国に送ったのだ。その経歴を忘れるわけにはいかぬよ」

「ご無礼を申しました。どうか、お許しください」

気にした素振りもなく、ころころと笑うジェームズ王に、ロバートは赤面した。その後を引き継いで、オットー補佐官が口を開く。

「と、このように、少々口がすぎるきらいもありますが、このふたりが提出した隣国の報告書はよく的を射ておりました。広い視野による多角的な分析に飽き足らず、我が国に提言してみせた生意気さは、いっそ褒めるに値するかと」

「なるほどな。ナイゼルよ。お主、書き手の名を伏せたまま、私に2本の報告書を読ませたな。あれは、このふたりのものだったのではないか？」

黙って微笑むことで、筆頭補佐官は王の指摘を肯定した。

いよいよ楽しそうに、ジェームズ王は身を乗り出して、ふたりの若者の顔を上げさせた。

「そちらの報告書だが、大変面白く読ませてもらった。まだ粗削りな部分も目立つが、我が国と隣国とをよく比較し、それぞれの優れた点、劣った点を鋭く指摘している。そして、ふたりに共通した提言――〝登用制度における、身分格差の撤廃〟。あれは、とても気に入った」

ふたりの若者は、目を丸くして顔を見合わせた。虚をつかれたのは、アリシアとて同じである。

ハイルランドに於て、身分制は絶対だ。それは平民、貴族の違いもさることながら、貴族の中でも家が冠する爵位によって厳密にランクが分けられている。王に近い高官に至っては、血族による世襲も珍しくない。

これでも、以前に比べれば緩くなったのだと、老年の教育係はアリシアに教えてくれた。たとえば、今の府省であれば、中堅の管理職の中に出自が男爵位の者もちらほらと見受けられるが、王を2代さかのぼっただけで、そんな者は皆無だ。

そんな我が王国において、〝身分格差撤廃〟などという提言は、この上なく急進的だ。それを、現王が「気に入った」とは、いささか耳を疑う話だ。

「もちろん、私に忠誠を誓ってくれている王国の重鎮たちは、お主らの提言を見れば目をまわして卒倒するだろう。だが、誇りある歴史が、未来への枷《かせ》になってはいかん。未来を担う若者の間から、先を見据えた意見が出ることが、私はたまらなくうれしいのだ」

まぁ、と声を漏らしたのは、フーリエ女官長だった。王すらも一目置く、優秀なる女官長の意表をも突きつつ、呆気にとられる若者たちに、王はにこにこと続けた。

「もちろん、あまりに革新的な内容ゆえ、すぐに実行に移すことはできない。早急すぎる改革は、国を亡ぼすのだ。……だが、目指す未来として、悪くない。これからも励め。そして、いつの日か、この件でもう一度意見を交わそうぞ」

「あ、ありがたきお言葉にございます！」

感極まった様子のふたりに頷いてから、ジェームズ王はいたずらっぽく自身の右腕たる補佐官のほうを見た。

「さて、我が補佐官よ。お前は、このふたりをどうするつもりなのだ？」

どうにも、前世と話が違うぞ、アリシアは可愛らしい眉を少しだけ寄せた。オットー補佐官が、このふたりの若者を国政だか軍事だかの要職に取り立てるべく連れてきたのは、今までの会話から明らかだ。

だが、革命の夜、アリシアはクロヴィスのことを全く知らなかった。つまり、彼は国政の要職はおろか、王族の近辺に顔を出せない立場であった可能性がある。

もちろん、王位を継いでいたのは夫たるフリッツであったから、いち役人と王妃とでは顔を合わせる機会がなかったのかもしれない。だが、これほどジェームズ王が期待を寄せている者が、一度もアリシアと会う機会がないというのも、おかしな話だ。

「はい。陛下、恐れながら」

「……これは、これは。なかなかに、興味深い顔ぶれですね」

混乱するアリシアをよそに、ナイゼルがふたりの若者について王に進言しようとしたとき、その声は横からさえぎられた。


進言をさえぎられたオットー補佐官は、わずかに瞑目《めいもく》してから、隣に立つ野暮な乱入者に厳しい目を向けた。

「リディ殿、王の謁見に割り込むとは、いささか無作法ではないか？」

「申し訳ございません。共に視察に出た見知った顔ばかりであったため、つい、口を挟んでしまいました」

口だけは恭しく、リディ・サザーランドは謝罪の言葉を述べた。だが、赤みがかった髪から覗く目は、抜け目なくこの場に集うメンバーを見渡していた。一向に引く様子のないリディは、あろうことか、するりと王の前に体を割り込ませた。

「ところで、陛下。まさかとは思いますが、オットー補佐官は、ここにいるクロヴィス・クロムウェルと陛下の謁見を望まれたのですか？」

「そちの推測の通りであるぞ？」

王の肯定に、リディは大袈裟なほどに身をのけぞらせた。

「あぁ、なんと嘆かわしい！　血塗られたグラハムの血族を、王の御前になど！」

「やめないか、リディ殿!!」

「血塗られた……？」

しまった、と思ったときには、遅かった。オットー補佐官の制止も間に合わず、リディはアリシアの間近に身をかがめた。その顔には、これからクロヴィスを貶《おとし》めることが叶ったことへの愉悦が、醜く浮かんでいた。

「これは、アリシア王女様。どうやら貴方様の教育係殿は、この話をまだ無用と判断されたようだ。しかし、王家にまつわる大事なお話ゆえ、僭越ながらこのリディ・サザーランドめがお話しいたしましょう」

まるで吟遊詩人にでもなったかのように、芝居がかった仕草でリディは胸に手をあて、口早に、しかし朗々と語り出した。

「時は、先王ヘンリ7世の御世。友好の証として、若き王は、隣国エアルダールの姫君を迎えられた。もちろん、キャサリン王太后様のことでございます」

知った名前が登場したことで、つい、アリシアは頷いた。体調を崩したために早めに王位を息子に譲った先王ヘンリ7世は、キャサリン王太后を伴い、今は離宮へと身を引いている。距離のため滅多に会うことは叶わずとも、優しくて大好きな祖父母だ。

「さて、キャサリン妃が嫁いできた当時、隣国との関係はかろうじて雪解けと言える程度でした。過激な思想を持つ貴族の中には、キャサリン妃の輿入れを好ましく思わない者もいた。その筆頭が、そう！　そこにいる男の祖父、ザック・グラハムだった」

ぱちりと指を鳴らしてから、リディの指先がまっすぐにクロヴィスに向けられた。クロヴィスはというと、苦痛に耐えるように、じっと口を引き結んでいる。それに恐らく気がつきながら、リディは滑らかに続けた。

「ああ、グラハムのなんと罪深きことか！　彼は隣国エアルダールを憎むあまり、キャサリン妃を亡き者にしようと企んだ！」

「リディ・サザーランド！」

「やめませんよ。ここまで話しておいて口を閉ざしては、聡明なるアリシア様にかえって失礼というものではありませんか」

怒りをあらわにするナイゼルも珍しかったが、それよりもアリシアが気になったのは、クロヴィスのほうであった。みるみる青ざめていく青年の姿は痛々しく、先ほどまで彼に感じていた恐怖など嘘のように、アリシアは彼が気がかりであった。

「だが、彼の企みは、実行に移す前に暴かれた。追い詰められたグラハムは、館になだれ込んだ騎士を相手取り、使用人、騎士を問わず死体を積み上げた。ええ、彼はすばらしき剣の使い手だったそうですよ。すべてが終わったとき、館は鮮血にまみれていました」

だが、ついにグラハムは死にました。誇りある、騎士たちの手によって。

にんまりと形のいい唇を吊り上げたリディは、あっさりとそう告げた。

「罪人として当主が死に、グラハム家の栄華は地に落ちました。侯爵をはじめとする数々の家督が奪われ、実質的に家は滅んだ。しかし、恐ろしいかな。その血は引き継がれ、恥ずかしげもなく陛下の御前に姿を見せているわけです」

それが、クロヴィス・クロムウェルという男ですよ。

秘め事を告げるように、リディがそうささやいて話をしめたとき、ついに限界を迎えたらしいクロヴィスが踵を返した。かろうじて見て取れた表情は、今にも倒れてしまいそうなほどに蒼白であった。

その後を、短い礼をとってからロバートが足早に追いかける。ナイゼルまでもが彼を追うわけにはいかず、足を踏みとどめて、乱入者への怒りをあらわにした。

「あなたは、なんてことを！」

「これは、奇異なことを仰る。私は、何も嘘を言っていない。アリシア王女に王家の歴史をお教えしたまでです」

肩を竦《すく》めてとぼけてから、リディは意地悪く目を細めた。

「それと、オットー補佐官。秩序を無視したあなたのやり方は、少々度を越えている。あなたが新規に登用した、補佐官のメンバーはなんですか？　古参貴族の中には、あなたが好んで新参貴族だけを選んでいるという見方すらありますよ」

「私は、王のお役に立つにふさわしい、有能な人材を選んでいるに過ぎない！」

「わかっていますとも。ジェームズ王の右腕たるあなたが、〝秩序を掻きまわして遊んでいるだけ〟なわけがないと、私もみなに申しているのですよ」

ちゃっかりとジェームズ王へのフォローをはさみつつ、それでもリディはオットー補佐官への追及の手を緩めはしなかった。

「ですが、この国の根幹を支えてきたのが誰であったか、それを見失ったまま政治を進めれば、他の枢密院は黙っておりますまい。そのことを、ゆめゆめお忘れになるな」

表情をゆがめた筆頭補佐官に、ついに勝ち誇った笑みを向けてから、リディは王に対して無礼を詫びた。心優しく、今のやり取りに胸を痛めているはずの王は、しかしながら黙ってリディの謝罪を受け入れた。

王としても、ここでナイゼルに肩入れすれば、筆頭補佐官と他の枢密院メンバーとの対立を深めるばかりである。表情を曇らせながらも、クロヴィスが去っていくのを見守るほかないのだ。

そんなことは、10歳のアリシアですらわかる。わかってはいるが――。


なんとか戻るよう説得しようと追いすがるロバートを無視して、逃げるようにカーペットの上を遠ざかっていく背中を、アリシアは胸を痛めて見送った。

そこには、国務を果たしたあとの誇らしさも、王の御前に招かれたことへの高揚の欠片《かけら》も残っていない。ただ、逃れようのない過去の呪縛に苛《さいな》まれる、苦悩に満ちた青年の姿があるだけだった。

あんまりじゃないかと、アリシアは思うのだった。

リディが話した内容が真実であれ、責め苦を負うべきはザック・グラハムその人であり、クロヴィスでは決してない。それなのに、彼はまるで自分が罪人であるかのように、理不尽な追及を受け止めている。

前世で、なぜ自分がクロヴィスを知らずにいたのか、ようやくアリシアは合点がいった。おそらく、この式典を最後に、彼は政治の舞台から姿を消してしまうのだ。オットー補佐官の誘いも断り、心無い目を向ける貴族から逃れるため、式典やら夜会やらも避けて。

その後、どういう過程を経て、革命の夜にアリシアの前に現れることになったのか、そこまではわからない。だが賢い彼は、表舞台から身を引きつつも、王国の行く末を見守っていたのだろう。

現行登用制度への不満、隣国から迎えた新王への不信、あるいはハイルランド王家の血を引くアリシアへの歯がゆさ。そうしたものを腹の底にくすぶらせながら、王政に関わることができなかったクロヴィスは、ついに革命という形で城に乗り込んでくるのだ。

気がつけば、アリシアは壇上を駆け下りていた。

突然、王のそばを離れて走り出した10歳の王女に、会話を楽しんでいた貴族たちから驚きの声が上がる。ふわふわとした薄水色のスカートを翻して走るアリシアに、「まぁ、可愛らしい」なんて声も聞こえた。

アリシアはまっすぐに、前を歩くクロヴィスの高い背を追いかけた。彼は、追いすがるロバートを諦めさせ、ワルツを楽しむ貴族たちの間をひとりで縫うように進んでいる。

その孤独な背中に、アリシアはなぜか、革命の夜の自分を重ねていた。

蔑みの言葉を投げつけられ、誰にも味方されず、世界中が敵のような心地でいることが、どれほど恐ろしく辛いことか、アリシアはその身をもって知っている。顔ではどれほど平静を装っていても、その心が血の涙を流していることを、アリシアは見抜いている。

「あら！」

「アリシア王女様!?」

小さな体が飛び込んできて、ワルツを踊る人々が目を丸くして左右に割れた。赤や黄色のふわりとしたドレスの裾が揺れて、色とりどりの花が咲く丘のようにアリシアに道を開いた。

その先頭で、頑なに振り返ろうともしない長身を、アリシアはついに捕まえた。

「待ちなさい、クロヴィス・クロムウェル！」

「……アリシア、様？」

右手を小さな手でつかまれたクロヴィスが、振り返った姿勢のまま、切れ長の目を大きく見開いた。このとき、初めてアリシアは彼の視線を逃げずに受け止めた。

あんなに恐れていた紫の瞳は高潔で、美しく澄んでいた。黒く艶めく髪が、白く透き通った肌を一層際立たせ、整った顔はただただまっすぐにアリシアを見つめていた。

その瞳の奥底にかすかに怯《おび》えの色が混じるのを見て、アリシアは嘆息した。自分は、いったい何を恐れていたというのか。以前に対峙したクロヴィスと今の彼は、同一人物でありながら、全くの別人だというのに。

「姫様！」

「ナイゼル、この者は有能なのでしょう!?」

背後に追いかけてきた補佐官が立つのを感じながら、クロヴィスの手を掴んだまま、アリシアは問いかけた。

アリシアが振り返り、大きな空色の瞳を向けると、オットー補佐官は息を呑んだ。強い意志を瞳に宿し、クロヴィスを庇うように立つその姿は、10歳の少女にしてはあまりに美しく、気高かったからだ。

「もう一度、問うわ。クロヴィス・クロムウェルは、有能なのでしょう？」

アリシアのただ事ではない様子に、笑顔で見守っていた貴族たちも、おやと首を傾げて事のなりゆきを見守っている。宮廷楽団までが、楽器を奏でる手を止めていた。

自分を見据える王女の視線に、はっと我に返ったナイゼルは、正直に答えた。

「はい。私は、同世代でこの者より優秀な男を知りません」

「その返事で十分よ」

凛とした微笑みを残して、くるりと王女アリシアはクロヴィスに向き直った。漆黒の髪を持つ青年と、アリシアの目線が交わる。戸惑いを浮かべるこの男を、もう自分は恐れない。遠ざけない。

「王女として命じます。クロヴィス、私のそばに仕えなさい」

おお、とまわりにざわめきが走った。中には、アリシアが話している相手がクロヴィスだと気がつき、眉をひそめる貴族もいた。だが、心無い言葉が彼の耳に届く前に、小鳥のように愛らしい声で、アリシアは再び繰り返した。

「あなたを私の、王女付き補佐官に任命します。引き受けてくれないかしら？」

「しかし、私は……」

「よいではないか」

目を泳がせたクロヴィスに代わり、朗らかな声が広間に響いた。いつの間にかナイゼルの後ろに立っていた王は、向き合うアリシアとクロヴィスを交互に見て、人のいい顔をほころばせた。

「私からも頼む。我が娘は、一度言い出したら聞かないのだ」

「陛下！　私は、彼の者について忠告申し上げたはず！」

「あーあー。私は王女に甘いのだ。可愛い娘に、そっぽを向かれたくないのだ」

慌てて駆け寄ってきたリディを、茶目っ気たっぷりにあしらってから、王はアリシアに向けてウィンクをした。あとは好きにしろと、そういうことだ。

「お願い。これからは、ちゃんと式典にも参加するって、女官長に約束したの。今は暇でも、たくさん補佐官にお願いしなくてはならなくなるわ。……私が主《あるじ》では、不満？」

「いいえ！」

わざとしゅんとしてみせれば、慌てたクロヴィスに勢いよく否定された。答えを求めて見上げたアリシアに、彼は覚悟を決めるように、きゅっと唇を引き結んだ。アリシアには、なぜかそれが泣き出す寸前の顔に見えた。

青年はアリシアの手を取って、頭を垂れて跪いた。

「このクロヴィス、我が身のすべてを捧げ、アリシア様にお仕えいたします」

「……誓いの言葉が重いわよ、クロヴィス」

言葉どおり、「すべてを」「捧げて」しまいそうな彼に、アリシアは軽く苦言を呈した。前世の出来事から察するに、思いつめたクロヴィスは何をするかわかったもんじゃない。

すると、アリシアの言葉を冗談と受け取ったのか、クロヴィスは顔を上げて——笑った。

(王子様、みたい……)

クロヴィスに手を取られたまま、しばし呆然と固まっていたアリシアは、齢《よわい》10歳にして胸に刻んだ。非の打ちどころのない秀麗な顔で、心を預け切った笑顔を向けられることは、心臓を根こそぎ持っていかれそうなほど強烈であると。

3. 星の使いとの契約

気がつけば、アリシアは無数の星が瞬く丘の上にいた。

自分が簡素なドレスを着ていること、素足で柔らかな芝生の上に立っていることを確認し、アリシアはあたりを見渡した。

（ここは……？）

おそらく、自分は夢の中にあるのだと、彼女は冷静に分析した。あの男――クロヴィス・クロムウェルを王女付き補佐官に指名したあと、アリシアはすぐに宴を退出した。

そのあとは、ドレスで走るなという女官長の小言をひとしきり聞いてから、アニとマルサに手伝ってもらいながら湯浴みを済ませ、ふかふかのベッドに倒れ込んだ記憶がある。

（それにしても、ずいぶんと変な場所ね）

アリシアが立つ場所は丘の一番上のようだが、緩やかな裾野はどこまでも広がり、終わる様子を見せない。家はおろか木すら生えておらず、降ってきそうな星空の下は限りなく静寂で、虫けら一匹気配がないのだ。

しかし、これが夢というなら、たいそう不親切な夢だ。夢というものは、往々にして勝手にストーリーが進んでいくものであって、何もない場所に放り出したあげく、途方に暮れさせたりなんかしないのに。

「心細い気持ちにさせてしまったのなら、ごめんよ。可愛いレディを不安にさせるなんて、ぼくはジェントルマン失格だね」

突然、近くで響いた親しげな声に、アリシアは文字どおり飛び上がった。星の光を浴びて輝く髪を揺らしてアリシアが振り返ると、いつの間にかそこにひとりの少年がいた。

全体的に、色素が薄い少年である。細く柔らかそうな髪はかろうじて金色と呼べるくらいで、優しそうな印象を生むなだらかな眉も、瞳を縁取る長いまつ毛も、すべて同じ金色だ。

白く滑らかな肌はいっそ東洋の陶器でできていると言われたほうが納得するほどであり、並外れた美貌とともに、どこかこの世のものとは思えない神秘さを少年に与えていた。

しかし、この少年はどこから現れたのだろう。なにせ、身を隠すものが何もないこの場所で、アリシアはたったひとりでいたはずなのだから。

「この世界が夢の中だと決めたのは、君のほうじゃないか。それに、僕はずっと前から君の近くにいたんだよ」

「あなた、私の考えていることがわかるの!?」

驚いて声をあげると、少年は口元を覆いながら、「おっと、しゃべり過ぎちゃった」などと言った。

「それはそうとね。君がこうして、また会いにきてくれるまで、僕はずいぶんと待ちくたびれてしまったよ。ほんの欠片《かけら》でも、記憶を取り戻してくれて、本当によかった」

「何を言っているの？　私はあなたと会ったことなんかないわ」

「本当に？　アリシアは、僕を知らない？」

なぜ、私の名前を。そんな問いが無意味であることは、この短い対話の中ですでに学んでいた。とはいえ、少年が何と言おうと、アリシアにはこんな人間離れした友人はいない。

そう、少年に反論しようとしたとき、アリシアははっとして口をつぐんだ。

深い藍色に浮かぶ空いっぱいの星たち、果てしなく広大な芝生の丘、柄も装飾もないシンプルな上下を身に纏った神秘的な少年。

「私、この場所を知っている……」

「ご名答」

無意識に零《こぼ》れ落ちた言葉に、少年はぱちりと両手を合わせた。

「僕は星の使い。君にやりなおしの生を与えた、張本人だよ」


やりなおしの生。この少年は、確かにそう言った。

「君は僕を少年と呼ぶけど、僕は君よりずっと年上だよ。それに外見で比べたって、今は君のほうが年下に見えるじゃないか」

妙なところでこだわる星の使いはさておき、〈やりなおしの生〉という単語をぐるぐると頭の中で反芻《はんすう》してから、アリシアは恐る恐る口を開いた。

「じゃあ、やっぱり、私が見た夢は」

「もちろん、ほんとうのことだよ。君はあの夜に一度、死んだのさ。そして、星の守護の導きのもと、君は僕の前に現れた。この場所にね」

あるはずのない傷が痛んだ気がして、とっさに、アリシアは胸のあたりを押さえた。それを見て、星の使いは苦笑した。

「大丈夫さ。君と僕の契約に基づき、君の記憶に残る未来の出来事――ああ、そうだ。アリシアは〝前世〟と呼んでいたね。それらはすべて、なかったことにしてしまったよ」

「私と、あなたの、契約？」

「そう、契約」

星の使いが〝契約〟と口にしたとき、音もなく風がふたりの間を駆け抜けた。その風に煽られて、一瞬だけ、糸よりも細い一本の線が彼と自分とをつなぐのを、アリシアは見た気がした。

「前回も自己紹介したのだけれど、その部分の記憶は戻らなかったみたいだね。改めて、僕は星の使い。この国の守護星の化身、といえば話は早いかな？」

「守護星って、建国王エステルにハイルランドを与えた？」

「ほかに守護星がいるなら、ぜひ紹介してほしいね。さすがの僕も、二股をかけられたとなれば嫉妬をしてしまうけれど」

ハイルランドの初代王、建国王エステルに関する逸話は、神話に片足を突っ込んだような内容がほとんどだ。中でも、特に浮世離れしているのが、建国にまつわる『守護星との契約』の部分である。

勉強嫌いのアリシアだが、建国にまつわる逸話に関しては、父やオットー補佐官、教育係がかわるがわるに繰り返したため、さすがに覚えている。

数百年も昔、まだ、ハイルランドが建国されるより前、大陸において大規模な〝異教徒狩り〟が勃発した。当時、とある宗教が力を持ち、最高聖職者に忠誠を誓わない諸侯を〈悪の異教徒〉として弾圧していたのである。

さて、ハイルランドのもととなったチェスター侯国においては、星を神々の化身とあがめ、星の動きから未来を占う〈星読教《ほしよみきょう》〉が主流であった。そのため、チェスター侯エステルは、民を宗教弾圧から守るべく彼らを率いて新天地を目指した。

「そして、エステルはついに、このハイルランドに辿り着いた。人の手が全くつかず、天候の大半が雨か雪で、木すらも育ちにくい不毛の土地さ」

僕は大好きだけれどね、と星の使いは付け足した。

不毛の土地、ハイルランド――。

その地に、命からがら逃げ延びてきた人間たちに向かって、星の使いは問いかけた。数多《あまた》の精霊が住まい、その加護が覆うこの大地は、人の世を作るには少々厳しい土地である。それでも、この地に根を張るつもりかと。

すると、エステルは星の使いに答えた。我らは、星を神とたたえる者。空に星が輝く場所であれば、どこであれ、導きのままに生きましょう。

その言葉を気に入った星の使いは、エステルと契約を結び、その土地を統《す》べる王として祝福を与えた。それが、ハイルランド王国の始まりである。

「実際、エステルはよくやったよ。人には厳しい自然の中、民と共に試行錯誤を重ねて、生きる術をものにしていった。僕の祝福があろうがなかろうが、うまいことやったんじゃないかな」

「あなたが建国王エステルとどうして契約をしたのかは、歴史の教師に嫌ってほど聞かされたわ。それより、私との契約のことを教えて！」

目を閉じて感慨にふける星の使いに、アリシアは焦《じ》れて先を促した。これからいいところなのに、とぶつぶつ言いながらも、星の使いは口を開いた。

「エステルとの契約は、実は君との契約と深く関わるんだよ。彼と契約したとき、僕が彼になんと言ったのか教わったことはある？」

「えっと……、〝ハイルランドを守護する守り星として、王国を永久《とこしえ》の繁栄へと導こう〟だっけ？」

「そう！　さすが王女様、大正解だよ。ところが契約に反して、僕はハイルランドが滅亡するのを見逃してしまった。それが、あの夜さ」

「滅亡!?」

アリシアが目を丸くすると、星の使いは意外そうな顔をした。

「気づいていなかった？　君が死に、フリッツ王が寵姫《ちょうき》と逃げてしまったことで、ハイルランドは統率者を失ってしまった。そんな国が、長く生き延びられると思う？」

「そう……だったのね」

ずきりと胸が痛んで、アリシアは目を伏せた。どういう経緯で「あの夜」を迎えるに至ったのかはわからないが、とにかく、自分の代でハイルランドの栄光ある歴史を終わらせてしまった。それも、脈々と王国を支えてきた、偉人たちの名が刻まれた場所で。

「私とあなたの契約がわかったわ。あなたは時間を操り、私にやりなおしの機会を与える。その代償として、私は二度目の生でハイルランドを救い、建国王との誓いを守る手助けをする。違う？」

「ものわかりのいい子は好きだよ。君って、10歳の割に頭がまわるって言われない？」

嬉しそうに声を弾ませた星の使いに、しかし、アリシアのほうは表情を暗くした。

「けれど、無茶よ。未来を変えるなんて、できっこないわ。夢に見るまで、前世のことなんてすっかり忘れていたのだもの」

「何を言っているのさ。君はすでに、前世と違う道をひとつ選びとったじゃないか」

しょんぼりと顔を俯《うつむ》かせるアリシアに、星の使いが優しく告げる。つられてアリシアが顔を上げると、星の使いは色素の薄い瞳にアリシアを映し、親しみを込めた笑みを浮かべていた。

「クロヴィス・クロムウェル」

形のよい唇がその名前を呼んだとき、アリシアの心臓がどきりとはねた。まぶたの裏に、跪《ひざまず》いて頭《こうべ》を垂れた美しい男の姿が浮かんだ。

「君の推察どおり、前世で君とクロヴィスの間には、あの夜までなんの関わりもなかったんだ。けれど今度の生は君の機転で、ふたりの間に重要な絆が結ばれた。これは僕の予想を超えた、すごい変化だよ」

一瞬だけ泣き出しそうに見えた顔や、敬愛を込めてアリシアを見つめた瞳を、アリシアは思い出していた。星の使いが言うほど、未来を変えたという実感は彼女にはなかったが、革命の夜とはクロヴィスの印象がだいぶん変わったのは確かだ。

「アリシア、これを見てごらん」

星の使いがくるりと手をまわすと、その手に細長い木筒が現れた。見覚えのある形状のそれに、アリシアはあっと声を上げた。

「あの夜、意識が途切れてしまう前に、それと同じものを見たわ」

「これは百色眼鏡《ひゃくしきめがね》というものだよ。田舎のほうの町に、これを作った職人がいるから、機会があったらぜひ行ってみるといいよ」

星の使いはいたずらっぽく笑いながら天を指さし、木筒を手のひらで転がした。満天の星空を見上げたアリシアは、飛び込んだ光景に唖然とした。なぜなら、木筒が転がるのに合わせて、天の星がぐるりとまわったからである。

「何が起きているの⁉」

「言ったでしょ。これは、百色眼鏡。中に入れた合わせ鏡のトリックで、持つ人がまわすだけで映し出す景色をいかようにも変えてくれる。面白い道具さ」

君がやろうとしていることは、これと同じだよ。

星々がきらめきながら、次々に違う空を形作っていく。その幻想的な光景に目を奪われたアリシアと並び、星の使いもまた天を見上げながらそう言った。

「人も国も、世界に存在するピースは前世と同じまま。けれど、君が何を選びとるかによって、描かれる景色は無数に変化していくんだ」

星の使いが木筒をまわすのをやめると、空の星々もまた動くのをやめ、元の静かで吸い込まれそうなほど美しい夜空へと戻った。

「クロヴィス・クロムウェルをそばに置くことで、この先がどう変化していくかは、僕にもわからない。けれど、彼を選ぶことで新たな未来を切り拓いたように、君の選択次第で革命の夜を回避することだってできるんだ」

アリシアの空色の髪が、風に揺られてふわりと広がった。

前世の夢を見たあとから、ずっと胸のうちにくすぶっていた不安が、一気に晴れていくような心地がした。

もちろん、状況は何も変わっていない。前世について、夢で見た以上のことをアリシアは知らないし、星の使いも教えるつもりはないらしい。だけど、すでに違う道を開いているという事実が、未来を少しは明るく照らした気がした。

「やりなおしの機会は、一度だけだよ。僕が手を貸せるのも、ここまでさ」

急速に、周囲の景色が霞がかっていく。そろそろ夢から覚める頃合いなのだろうなと、アリシアは直感的に理解した。広大な丘や満天の星たちが自分から遠ざかっていくのを感じながら、アリシアは少年に手を伸ばした。

「また、あなたに会える？」

「あるいは、ね。たとえ、アリシアが僕を見つけることができなくても、僕は君を、この国を見守っている。それだけは忘れないでね」

アリシアの小さな手に、少年の細い指が一瞬だけ触れた。だが、それはつかの間のことで、星の見える広大な丘は遥か彼方へと遠ざかり、ベッドの上で目覚めたアリシアは、自分が天蓋に向けて手を伸ばしているのを見たのだった。

4．黒き補佐官は手を伸ばす

後日、オットー補佐官の計らいにより、ただちに王室補佐室より書状が出され、クロヴィスは正式に補佐室所属の補佐官に任命された。次いでアリシアのほうで、彼を王女付き補佐官に指名する任命書をしたためた。

そうして、クロヴィスの任命式は、アリシアの立ち会いのもとに開かれた。

（来ていない枢密院メンバーが目立つけれど、急に決まったせいかしら）

紺色のドレスを身に纏い、王の隣に腰かけたアリシアは、本来ならば埋まっているはずの赤い椅子を見て、首を傾げた。

大きなシャンデリアが垂れ下がる謁見の間《ま》では、たびたび要職の任命式が開かれる。そうした際は、各府省大臣と主要領地を治める有力貴族当主からなる枢密院が立ち会い、その人事を〝承認する〟のが常だ。

だが、前回クロヴィスに散々嫌味をぶつけていたリディ・サザーランドの父、シェラフォード公爵をはじめ、半分のメンバーが席を外している。

（……それとも枢密院のほとんどは、クロヴィスを私の側近に迎えることに反対なのかしら）

アリシアの脳裏に、言い争うオットー補佐官とリディの姿がちらりと浮かんだ。リディはあのとき、古参貴族を蔑《ないがし》ろにしていると厳しく非難していた。

しかし、アリシアは勢いよく首を振り、浮かんだ不安を追い出した。いまさら、引き返すつもりはない。それが、王女として発言をした責務だ。

とにもかくにも、任命式は無事に終了し、晴れてクロヴィスはアリシア付き補佐官となった。式が終了してすぐ、アリシアは新米補佐官と面会を果たした。

「お疲れさま、クロヴィス。気分はどう？」

「疲れてなどおりません。また、こうしてアリシア様にお会いでき、嬉しく思っております」

笑顔を見せたクロヴィスに、アリシアはほっと息をついた。任命式の最中は表情が硬かったが、こうして近くで見てみると、慰労式典で会ったときよりもずっと顔色がいい。

「正直、始まってみないと私もわからないのだけれど、これからのことで、何か私に聞いておきたいことはある？」

面会で必ず聞こうと思っていたことを、さっそくアリシアは口に出した。

いわば無理やりに彼を自分の補佐官に任命したわけだが、今回の生におけるクロヴィスという男がどんな人物か、アリシアはまだ知らない。けれどそれは、彼から見たアリシアにしたって同じだ。右も左もわからなそうな10歳の主人を前に、不安を抱えていてもおかしくない。

空色の瞳で無邪気に見つめるアリシアに、クロヴィスはわずかに視線を彷徨《さまよ》わせた。ややあって、控えめに薄い唇が開かれる。

「――では、ひとつだけ。アリシア様は、なぜ、私をご指名くださったのでしょうか」

後ろで控えていたオットー補佐官がたしなめようと口を開いたのを、アリシアは片手で制した。優秀な筆頭補佐官は、困ったように眉根を寄せつつも、王女の意思を汲んですぐに引き下がった。

「アリシア様、そしてナイゼル様には、一生返しきれない恩義がございます。王女殿下にお仕えすることは、私の喜びです。ですが、私の存在は、あなたに影を落としましょう」

秀麗な顔にわずかに苦痛をにじませ、クロヴィスはアリシアから目を逸らした。

「任命式の空席の多さが、その証拠です。予定がつかなかったことを欠席の理由にしているのでしょうが、席を外しているのは古参貴族の中でも厳格さを重んじる保守派が大多数です。……グラハムの血を引くものが、王族に仕えることへの無言の抗議でしょう」

なるほど、任命式の最中にクロヴィスの表情が硬かったのはそのためかと、アリシアは納得をした。同時に、式の最中にアリシアが感じていた漠然とした不安を、青年がより正確に分析していることに驚いた。

だけど、〈グラハムの血〉に関しては、やっぱりクロヴィスは固執しすぎているように思える。たとえばオットー補佐官なら、保守派が欠席をした理由として、王女付き補佐官を枢密院にゆかりのある古参貴族から選ばなかったことを挙げるだろうに。

「手を差し伸べてくださった方の名を、私によって汚すことはできません。今からでも遅くはありません。もし、私を哀れと思い、情をかけられたのなら」

「どうして、あなたのせいで、私の名が落ちるの？」

小鳥のような軽やかな声で、アリシアが補佐官の言葉を遮ると、クロヴィスは怪訝《けげん》な顔をした。

「ですから、私はグラハムの血を引く者だと」

「それがなに？　あなたはクロヴィス・クロムウェルでしょ？　ザック・グラハムではないわ」

アリシアとしては当たり前のことを口にしただけなのに、クロヴィスは切れ長の目を見開いて、まじまじとアリシアの顔を見た。

「……そのように考える方は、まれでございます」

「そうかしら。そこにいるナイゼルだって、あなたを推薦したじゃない」

言葉にならない何かを探りあてようとするかのように、クロヴィスは何度も口を開きかけては閉じる。その困り切った表情が、見惚れてしまうほどに美しい彼の顔には似合わず、アリシアはくすっと笑った。

そして、ふと表情を引き締めた。

「中には割り切れない者や、リディ・サザーランドのように攻撃の材料にする者もいるわ。私のせいで、あなたには嫌な思いをさせてしまうかもしれない。それだけは、本当にごめんなさい」

「アリシア様が、私に謝ることなど！」

大きくかぶりを振ったクロヴィスが、一歩前に踏み出す。——そのとき、空色の瞳が揺れ、アリシアがわずかに息を呑んだが、それを見留めた者はいなかった。

「呪われた血を引く者として、静かに朽ちていくはずの私を拾い上げてくださったのは、アリシア様です。この手を取られたときから、私の忠誠はあなたに捧げると決めました。命に代えて、あなたにお仕えいたします」

（だから、誓いの言葉が重いってば）

〝この身に代えて〟が、いつの間にか〝命に代えて〟へとグレードアップしていることに引き攣《つ》りつつクロヴィスが改めて補佐官を務めてくれることをアリシアは嬉しく思った。

こうして、アリシアと補佐官クロヴィスとの短い面会は、終わりを告げた。聞くところによると、彼の実家はいちばん近い屋敷でも馬車で小一時間以上かかるため、城の敷地内に建てられた文官用の宿舎に居を構えるそうだ。

居住に関することも含め、今後の具体的な説明を受けるために、クロヴィスはナイゼルに連れられ、面会に使われた小部屋を出ていった。

その背中を笑顔で見送るアリシアの額からは、ひと筋の汗が流れ落ちた。

白いレースのハンカチをそっと額に押しあててから、自分はうまく笑えていただろうかと、アリシアは自らの頬に触れた。

幸いにも、クロヴィスやナイゼルが不審に思った様子はなかった。というより、事実、今しがた彼に話したことはアリシアの偽りない誠の心であるし、新米補佐官との対話は想像したよりも、ずっと楽しかった。

だが。

平静さが足りないなと、アリシアは自分自身を戒めた。今のクロヴィスが自分を殺したのではないとわかってはいても、ふと気が緩むと、憎悪を込めて剣を突き立てた襲撃者の姿が浮かぶ。すると、彼に好意的でありたいという意思に反して、アリシアの体は硬直してしまう。

大丈夫、きっと未来は変えられる。

星の使いとの契約を思い返しながら、アリシアはそう、自分に言い聞かせたのであった。


「クロヴィス、この報告書を見てくれないか」

30名ほどの補佐官が机を並べる補佐室、そのすべてを見渡せる位置にある筆頭補佐官席から、ナイゼル・オットーは新米補佐官の名を呼んだ。

この並外れた美貌に恵まれた青年が、アリシア王女本人の指名を受けて王女付き補佐官に任命されてから早2週間。新米にして突然重要な任を与えられた彼には、時間の許す限りあらゆる記録に目を通すよう命じ、己の知見をひたすら広げさせていた。

その成果は、どれほどであろうか。

クロヴィス以外の補佐官は、これがナイゼルによる抜き打ちテストであることを察してか、クロヴィス本人には気づかれないよう、しかし興味深げにちらちらと筆頭補佐官席に目線を送ってきた。

呼ばれたクロヴィスはナイゼルの傍らに立つと、手渡された地方院からの報告書に目をやり、整った顔をわずかにしかめた。

「これは……」

「どう見る？」

クロヴィスに見せたのは、地方院長官から上がってきた『ローゼン侯爵領における収支報告書』であった。難しい言葉や数字で彩られてはいるが、端的に言ってしまえば「あそこの領主は不真面目だから、領地を没収すべき」というものである。

ローゼン侯爵領主といえば、変人奇人と名高いジュード・ニコルだ。古くからの名家にかかわらず、社交界には滅多に顔を出さず、ほかの古参貴族との交流もほとんどない。そのくせ、港町にふらりと現れては東洋の商人と飲み歩き、酒場で愉快に歌う姿がたびたび目撃されている。

ほかにも、東洋の磁器を揃えるために、代々家宝としていた絵を売り払って金に換えたり。肖像画を描かせたら右に出る者はいないとすら言われる著名な画家に、「ビロードやレースだけなら、自分のほうがうまく描ける」などとのたまい、大いに怒らせて帰らせてしまったり。

ほかの貴族も懇意にしており、ニコル家でも先代が贔屓にしてきた商人を、モノを見る目がないからとばっさり切り捨ててみたり。

有名すぎる彼に関する噂は、当然クロヴィスの耳にも入っているだろう。そうした先入観を持ってみれば、この報告書の提言は〝的を射たもの〟に映るはずだ。

じっと見守るナイゼルの前で、報告書を読み進めていたクロヴィスは、不可解そうに目を細めた。

「ひどい言いがかりです。地方院に差し戻して構わないかと」

「と、いうと？」

ナイゼルが詳しく求めると、クロヴィスは報告書をめくり、ある表を指し示した。

「たとえば、ローゼン侯爵領のここ10年の税に関する報告を見てください。たしかに現当主となってから、納める税額が減少しています」

しかし、と黒髪の青年は肩を竦《すく》めた。

「彼が領地を継いだ最初の3年は、ローゼン侯爵領を含む北部で大寒波による農作物不作が続いた頃。それを考慮せず、しかも寒波の影響が少なかった南方の領地と税収を比べるのは、はっきり言って無理筋です」

提言書以外には何の資料も見ずに、5年以上前の寒波とその影響について正確に言及してみせたクロヴィスに、こっそりと様子を窺っていたほかの補佐官が口笛を吹いた。

ナイゼル自身もクロヴィスの答えに満足しつつ、あえて先を促してみた。

「ジュード・ニコルについては、どう思う？」

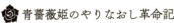

「直接お会いしたことはないので、推測の域を出ませんが……」

細いあごのラインに指を添えて、クロヴィスは慎重に言葉を選んだ。

「ローゼン卿が変わり者であることは、数ある噂から確かなのでしょう。ですが一方で、法務府の記録を見る限りローゼン侯爵領は平和であり、領民の満足度は高い。彼による領地経営は、うまくいっていると判断できるのではないでしょうか」

「合格だ」

怪訝《けげん》な顔をした若き補佐官に、ナイゼルは苦笑した。

「試して悪かった。実を言うと、地方院長官のドレファスは困ったものでな。ことさらにローゼン卿と馬が合わず、補佐室で却下されることをわかったうえで、定期的にこうした提言を送りつけてくるんだ」

おかげで、〝幅広い知識をもとに、公正な判断ができるか〟という補佐官にとって必須の能力を磨くための、程よいテキストとなってくれているわけだが、とナイゼルは笑った。

「ナイゼル様も人が悪い」

「俺も、同じ報告書を見せられたんだよ。あのときは、散々な答えをしちまったなぁ」

「俺なんか、うっかり提言に賛成したもんだから、その後、先輩たちのいじりがひどくってさぁ」

すっかり仕事の手をとめてやり取りに聞き入っていた先輩補佐官たちが、口々にぼやく。目を丸くして彼らを見るクロヴィスの隣で、ナイゼルは大きな手を二度叩いた。

「超大型新人が入ってきたからには、お前たちもうかうかしていられないぞ。さ、このあとに、最初の報告書を私に持ってくるのは誰だ？」

「おお、おそろしい」

「よくやった、新人。頼もしいが、俺たちも負けてねぇぞ」

明るくはやし立てる先輩補佐官に、クロヴィスはばしばしと背中やら肩を叩かれて迷惑そうな顔をしながらも、ほんの少しだけ嬉しそうに頬を染めた。

（いい傾向だ）

両手を組んで、その様をじっと見守るナイゼルは、深い知識を感じさせる藍色の瞳を細めて、そっと微笑んだ。

ナイゼルが部下を選ぶ基準は、徹底した実力主義だ。筆頭補佐官に指名されてからというもの、それまでの家柄や血筋のみに頼って籍を置いてきた補佐官を解任し、代わりに知識欲があり、王と国のために尽くそうとする熱意を持つ者を集めてきた。

そんなナイゼルのやり方は、この国の伝統とは反するものだ。特に、血族を補佐室から追い出された古参貴族は、ナイゼルが王国の秩序を乱していると目の敵にしてくる。

だが、どんなに敵を作ろうと、実力に基づき優秀な人材を集めなければハイルランドのためにならないと、ナイゼルは信念を持っていた。国の外に目を向ければ、もはや人を登用するのは血筋でないことは明らかだ。

特に、隣国エアルダール。かの国はハイルランドよりもよほど後発国であるにもかかわらず、経済、軍事、政治、すべてにおいて世界に対する影響力を持つ。それは、早い時期から商人を保護し、その台頭を抑えるどころか後押ししたためであるだろう。

視察団の報告によれば、エアルダールの貴族は、もはや威張るだけの特権階級ではあり得ない。貪欲な学びの風潮は庶民にまで広がり、優秀であれば庶民といえども多額の富を得るのも可能だ。結果、庶民、商人、新興貴族の誰もが限りない上昇の夢を持って励み、古参貴族もまた、彼らに負けぬよう責務を果たすのだ。

幸いに、ナイゼルの改革の甲斐もあり、今の補佐室のメンバーは血筋よりも実を見て判断をする者ばかりだ。とはいえ、さすがのナイゼルも、彼らがクロヴィスを受け入れるかは心配であった。だが、新米補佐官の有能さは先輩たちを文句なしに納得させた。

クロヴィスのほうも、初めは出自を気にして鋭く張り詰めた様子を見せていたが、今ではこのようにほかのメンバーに心を許した表情を見せつつある。さらに、初めの気負いが薄れるにつれ、その頭脳はより明晰さを増しているのだ。

わずか2週間で頭角を現しつつある部下に舌を巻きつつ、そのクロヴィスの手を摑んだ幼い王女に、ナイゼルは内心で深く感謝を告げた。

(姫様、あなたはとんでもない拾い物をされたのかもしれません)

まだまだ、無邪気で愛らしい幼子であると思っていた姫君が、いつの間にか人の資質を正しく見抜く慧眼をそなえていたことを嬉しく思いながら、ナイゼルは山と積んである自らの仕事へと戻っていったのであった。


アリシア王女の一日は、実に多忙である。

アリシアが学ぶのは、マナー、ダンス、刺繍《ししゅう》、歴史、宗教、語学、天文学、薬学、時事問題、その他、エトセトラ、エトセトラ。女王として即位する道もわずかながら存在するため、身につけるべき学問が多岐にわたるのだ。

それぞれの学問には家庭教師がつけられ、一分一秒のすきもなく組み込まれたスケジュールにのっとって、順番にアリシアの前に現れて教鞭をふるう。10歳の少女にとっては、窮屈極まりない暮らしである。

少し前まで、王位後継者として詰め込まれる学問の数々が、アリシアには苦痛でしかたがなかった。なにせ、歴史を学べば学ぶほど、自分が女王に即位する可能性の低さを知るのである。であれば、こんな退屈な勉強など放り出して、庭を駆けまわったほうがどんなに楽しいか！

だが、革命の夜の記憶を取り戻してからというもの、アリシアは人が違ったように勉学に真面目に取り組んだ。その変わりようといったら、歴史の家庭教師はあんぐりと口を開け、語学の家庭教師は感涙にむせぶほどである。

とはいえ、人間、そう簡単に生まれ変われるものではない。今までが不真面目であったぶん、急に真剣に耳を傾けたところで、積み上げた知識がないためにチンプンカンプンなのだ。

「もう、これっぽっちだって頭を使いたくないのよ……」

「お疲れさまです、姫様。今、甘い紅茶を用意いたします」

一日の授業が終わり、ぱたりと机につっぷした小さな姫君に、ティーセットを持って入室してきた侍女のアニが同情的な表情を浮かべた。

「もう、前みたいに授業を抜け出したりはしないのですか？」

ティーカップに紅茶を注ぎながら、侍女がちらりとアリシアを見る。紅茶のかぐわしい香りに鼻をすんすんと鳴らしつつ、アリシアは首を傾げた。

「私が勉強に真面目になるのは、そんなにおかしい？」

「そりゃあ、ちょっと前まであんなに逃げていらしたんですもの。お城をあげて、姫様と鬼ごっこをするのも、あれはあれで楽しかったですし」

口が正直すぎるアニは、臆することなくそう言うと、ころころと笑った。兄弟を持たないアリシアにとって、アニは年の離れたしっかり者の姉のような存在だ。そこのところをわかってか、彼女も主従関係を超えてアリシアにかまってくれる。

「それが、急にお利口さんになってしまわれて、無理をして体を壊されないか心配です。夜も深くお休みではないようですし……。何か、心配事を抱えているのではありませんか？」

アニの鋭いひと言に、アリシアはひやりとした。

星の使いとやり取りをしてからというもの、少しでも多くの情報を得るために、アリシアは苦手だった勉学にも取り組むよう己に課した。

クロヴィスを見つけ近くに置くことが叶ったのは、ラッキーである。だが、これより先は、そううまくいくとは限らない。

革命の夜を紐解けば、この先に待ち受ける最も大きな問題は、隣国エアルダールとの戦争である。その結果、ジェームズ王は死に、王国は実質的に隣国の支配を受け、革命の夜を引き寄せることになるのだ。

未来を変えるのはもちろんのこと、アリシアの愛する父を死なせるわけには断じていかない。そのためには、待ち受けるエアルダールとの戦争を、なんとしても回避する必要がある。だからこそ、アリシアは苦手な学問に打ち込むのだ。

……と、こうした固い誓いは、当然ながら誰にも告げていない。もちろん、姉のように親愛を寄せるアニにもだ。

「なんとなく、よ。そろそろ、しっかりしなくちゃと思っただけ」

アリシアの歯切れの悪い返事に、しかしアニはそれ以上追及しなかった。恐らく感じているだろう疑問を飲み込んだまま、黙って紅茶と菓子をアリシアの前に置いてくれる。

甘い紅茶の香りが、やさしく鼻をくすぐる。アリシア好みの濃さで淹れられた紅茶に、アニの気遣いが注がれている気がして、無性にアリシアは泣き出したくなった。そんな王女の様子を知ってか知らずか、アニはそっと隣に寄り添ってくれている。

「い、いただきます」

「どうぞ召し上がれ」

目をこすってから、アリシアが紅茶に口をつけたそのとき、何者かが扉をノックした。


「少しお疲れのように見えますが、明日にまとめて報告いたしましょうか」

「大丈夫、気にしないで。それより、今日はどうだったか教えて」

向かいに座るクロヴィスに、アリシアは空色の髪を揺らして笑いかけた。

アリシアとクロヴィスの間の特別な決まり事として、彼が勤務にあたった日はこうして夕刻に一度顔を合わせ、その日に行ったことを報告することになっていた。これは、オットー補佐官のアイディアである。

通常は、こんな決め事がなくとも、主人とその補佐官は何かしら顔を合わせる。だが、公務の量が少ないアリシアではそうもいかない。といって、ふたりの信頼関係を高めるにはコミュニケーションが必須であり、このような決まりとなったのだ。

アリシアとしては、10歳近く年長の青年に、大した用もないのにいちいち足を運ばせるのは心苦しく、彼にとっても面倒でないかと断ろうとした。だが、意外にも譲らなかったのはクロヴィスのほうである。

嫌がる様子も見せず、むしろ（表情だけは冷静沈着を保ったまま）妙にいそいそとやってくるものだから、それならまぁいいかと受け入れたのだ。アリシアがこの眉目秀麗な補佐官のことを、時たま毛並みのよい大型の黒犬に見間違えてしまうのも、無理ないことである。

なお、クロヴィスの前にも、アニが用意してくれた紅茶が置いてある。彼の分は、アリシアのそれとは違い、甘さ控えめだ。勧めるアリシアに応えて紅茶に口をつけてから、クロヴィスはゆっくりと顔を上げた。

「今日は、ナイゼル様より試験を受けました」

「試験？　どんなものなの？」

家庭教師が持ってくる羊皮紙の束を連想し、アリシアは口をへの字に曲げた。だが、クロヴィスがかいつまんで説明したものは、アリシアの想像とはいささか違うものだった。

「では、あなたは手元に何の資料も持たずに、頭の中の知識だけで報告書のデタラメ具合を指摘したというの？」

「運がよかったのです。たまたま、目を通していた記録の内容と合致したにすぎません」

若き補佐官はなんでもないことのように話すが、同じように時間と資料を与えられたって、彼のように分析できるものは珍しいだろう。ただ膨大に知識を詰め込むことより、必要に応じて引き出す能力のほうがよほど貴重だ。

「あーあ。私に、クロヴィスの半分でいいから、賢い頭が備わっていればよかったのに」

「アリシア様？」

机につっぷしていじけたアリシアに、クロヴィスは紫の瞳を瞬かせた。だがすぐに、幼き主人の机に積み上がった分厚い本の数々に目をとめ、合点がいったらしい。

「アリシア様がお疲れなのは、勉学によるものでしたか」

「姫様の場合、今までの怠け癖が祟《たた》ったのです」

すかさず入った侍女の容赦ない突っ込みに、アリシアは愛らしい唇を突き出し「むむ」となった。それには、クロヴィスも苦笑を浮かべた。

ちなみに初めの頃、侍女があまりに口が正直であるため、「主人を蔑《ないがし》ろにしている」と判断したらしいクロヴィスが途端にアニに向け黒いオーラを放ち、アリシアはあわてた。

アリシア自身が彼女を姉のように慕っていること、アニの口が正直なのはアリシアを真に思う故だと何度も説明し、若き補佐官はようやく納得した次第である。

「クロヴィス様はご存知ないでしょうが、姫様の勉強嫌いは有名でしたのよ。『姫様が逃げた！』を合図に、私共侍女が総出で姫様を追いかけたりして……。ま、クロヴィス様がいらっしゃる前のことですけれど」

「左様ですか。ですが、聡明なアリシア様が勉学の重要さに気がつかれ、真面目に取り組まれるのは当然のことです。ええ、付き合いの短い私でも、すぐにそのように推察できますよ」

……アリシアの信頼する従者ふたりが、満面の笑みを浮かべたまま舌戦を繰り広げているが、これもはや見慣れた光景ゆえアリシアは気にしないことにした。

「しかし、なるほど。今までの背景がわからないため、新たな知識も頭に入らないということですか」

何やら思案しながらクロヴィスは立ち上がると、アリシアの机から分厚い本を取り上げ、ぱらぱらと内容を確認し始めた。白く細い指でページをめくり、思索に耽る姿は妙に色気があり、まるで絵画のモデルかどこぞの王族のようである。

余談だが、クロヴィスがアリシア付きとなってからというもの、城勤めの女たちが非常に色めき立っている。特に若い女官なんかは、用もないのに補佐室のまわりをうろついてきゃあきゃあ騒ぎ、フーリエ女官長の頭痛のタネになっていた。

（もうちょっと仲良くなったら、ぜひ恋愛事情なんかも聞き出してみたいものだわ）

顔だけは大真面目を装いながら、アリシアはそんなことを密かに画策した。

さて、クロヴィスが目を通している書物は、様々な記録をもとにまとめられた王国の歴史書だ。細々とした字で綴られたそれに軽い調子で目を通してから、黒髪の青年は顔を上げた。

「家庭教師殿には及ばないものの、歴史や時事に関する事柄でしたら、このクロヴィスがアリシア様の力になれるかもしれません」

本当に⁉　と勢い込んだアリシアに、クロヴィスは微笑を浮かべて頷いた。

「ひと通りの知識は、王立学院で叩き込まれました。書物に沿って内容を補足する程度であれば、お力添えできましょう」

「クロヴィスが助けてくれるなら、これほど心強いことはないわ。ね、アニ！」

「ソウデスネ」

なぜか棒読みで返事をした侍女は置いておいて、さっそくアリシアは頼れる家庭教師と化した補佐官に、あれこれと質問を重ねるのであった。


暗く、暗く。

底のない、冷たい海の中に浮かんでいるような孤独の中。

全身にまとわりつく水の感触は重く凍えて、小さな体から力を奪い取っていく。息が詰まり、アリシアが口を開くと、かぽりと音がして空気の泡が零《こぼ》れた。

ここはどこだろう。

ジェームズ王は、フーリエ女官長は、アニは。

みんな、アリシアを置いて、どこに行ってしまったのだろう。

揺らめく水の壁の向こうで、オレンジ色の光がゆらりと揺れた。それはみるみるうちに広がり、決して熱を伝えないまま、アリシアを取り囲む大きな輪になる。

〝殺せ、エアルダールの犬を殺せ〟

〝ハイルランドの誇りを、穢《けが》すものを殺せ〟

大勢の人の声が、揺らめく炎に合わせて水の中をこだまする。

寒い。怖い。聞きたくない。

身をよじって耳をふさぐが、遠い合唱は水の中で何層にも反響を重ねて、アリシアの耳から離れてくれない。

ふいに周囲の水の濃度が上がり、どろりとした憎悪がアリシアを覆いつくした。怯えるアリシアが顔を上げると、燃え上がる炎を背負い、どす黒く渦巻く怒りと憎しみを瞳に宿した、クロヴィス・クロムウェルの姿があった。

アリシアの細いのどから、悲鳴が零れる。だがそれは、新たな気泡を生むだけで音にはならない。

今にも泣き出しそうな笑みも、褒められて照れた顔も見せることなく、ただ黒き死神として、クロヴィスはどこまでも冷徹にアリシアを見据える。その手に鈍く輝く剣が握られているのを見て、アリシアは逃げ出そうとした。

だが、アリシアを捕らえるどろりとした水はつかみどころがなく、もがけばもがくほどその場に王女を縫いとめる。気がつけば、黒き死神は目の前に立ち、蔑みを込めてアリシアを見下ろしていた。

やめて、クロヴィス。

その手が剣を振りかざすのを見て、アリシアの大きな瞳から涙が零れ落ちた。だが、王女の悲痛な懇願は、死神の耳には届かない。

紫の瞳に憎悪を燃やし、クロヴィス・クロムウェルは剣を振り下ろした。


「―――やめて!!!」


寝室に響いた悲鳴に、アリシアの意識は覚醒した。

幼い少女の薄い胸は激しい動悸のために上下し、額も背中も、全身いたるところからどっと汗が吹き出している。荒い息を吐き出しながら億劫な体を起こし、乱れた髪ごとアリシアは額を押さえた。

同じ悪夢にうなされるのも、自分の悲鳴に目を覚ますのも、もうこれで何度目であろう。

「……姫様?」

控えめなノックの音と共に扉越しに侍女の声がしたことで、アリシアははっと息を呑んだ。

「……どうしたの、アニ。こんな遅い時間に」

深呼吸を繰り返し、声だけは平静を装うことに成功した。軽い調子の問いかけに、扉の向こうで侍女はしばし沈黙した。やがて、幾分か柔らかさを取り戻した声で、アニは答えた。

「なんだか姫様の声が聞こえた気がして。何か、飲み物を用意しましょうか？」

「ううん。大丈夫。アニももう休んで」

「かしこまりました。おやすみなさい、姫様」

足音が遠ざかり、侍女が離れていく気配がする。彼女が十分に遠ざかったのを確認してから、アリシアはぐったりとベッドに身を横たえた。

毎日だ。星の使いと言葉を交わした、その翌日から、毎日同じ悪夢を見るのだ。

悪夢は10歳の少女の精神をガリガリと削り疲弊させたが、それ以上に、アリシアは夢の内容が腹立たしかった。

（ごめんね、……クロヴィス）

歴史書を並んで覗き込みながら、アリシアがつまずくたび、噛み砕いた解説を加えてくれた秀麗な横顔を思い出す。

まだ、ほんの短い期間しか付き合いのない従者ではあるが、思いのほかアリシアは黒髪の新米補佐官を好きになってしまったらしい。何度、前世の凄惨な出来事を突きつけられても、目が覚めれば、精一杯自分に尽くそうとしてくれる姿が瞼に浮かぶ。

クロヴィスは特殊な身の上であったためか、アリシアがその手を取ってからというもの自分に深い忠誠を誓ってくれている。それほどに信頼を寄せてくれる相手を、アリシアが信じてやらなければクロヴィスが不憫だ。

（大丈夫、未来は変えられる。変えられる。変えられる。変えられる）

瞳を閉じて、悪夢のたびに唱える文言を、今日もアリシアは何度もなんども言い聞かせるよう繰り返した。


ハイルランド第6代王ジョフリー2世が崩御したあと、王位を巡り、ふたりの王子が国を分けて対立した。

一人目は、ジョフリー2世の嫡子、エドガー王太子。そして、二人目は第5代王にしてジョフリー2世の兄であるジョン王が遺児、ユリウス王子であった。

武力、知力、器量、血筋、何をとっても互いに見劣りしない王子ふたりの争いは、王国中の貴族を二分させた。約15年にわたった従兄弟ふたりによる戦争が、後に〝双頭戦争〟と名づけられたのも、どちらが王に立ってもおかしくないという当時の混乱を指してのことである。

最終的に、ハイルランド王の地位を継いだのは、エグディエル城塞を押さえたエドガー王太子だった。しかし、ユリウス王子も、ただ敗走をしたわけではない。

かつてチェスター侯国が栄え、建国王エステルが手放した地に追いやられたユリウス王子は、恐るべき才覚と武勲をもってして、乱立する諸侯らの頂点に立った。そうして、征服王ユリウスの名のもとに、エアルダール帝国を築いたのである。

こうして双頭戦争は一定の収束を見せたものの、その後も、どちらがハイルランドの正統筋であるかを巡り、両国の間には戦争が何度となく繰り返された。

「だが、時が流れるにつれて、ふたつの王家は少しずつ歩み寄るようになった。そして、ようやくヘンリ7世のときに、縁談という形で両国は友好を結んだ。――うん、とてもよく理解できているね、シア」

アリシアが頭を整理するためにまとめた手書きレポートから顔を上げて、ジェームズ王がアーモンド色の瞳をぱちくりと瞬かせた。今は晩餐の真っ最中だが、どこからかアリシアが勉強に励んでいると聞きつけた王が、成果を見たいと持ちかけてきたのである。

「とても出来のよい家庭教師が、特別レッスンを開いてくれるもの」

「ああ。クロヴィスが、手助けをしてくれているんだったね。私のほうからも、よくお礼を言っておかなくてはならないね」

人のよい顔をほころばせて、ジェームズ王がにこにこと笑う。それに微笑みを返しながら、アリシアはスープを口に運んだ。

アリシアがエアルダール帝国について情報を集め出したのは、もちろん前世に関連してのことだ。革命の夜に関して、エアルダールに関する重要な点は2点。

『エアルダール帝国とハイルランドの間で再度戦争が起きる。戦乱の最中、ジェームズ王は命を落とし、ハイルランドは敗戦国となる』

『戦争講和の中で、フリッツ王子とアリシアの間に婚姻が結ばれる。これにより、ジェームズ王の後には、フリッツがハイルランド王として即位する』

これらの情報を両国の諍《いさか》いの歴史に沿って考えれば、近い将来、それもジェームズ王の治世のうちに、再び「どちらが建国王の正統後継であるか」を巡る戦争が起きるのだと想像がつく。

「ねぇ、お父様。エアルダールとの間に、再び戦争が起きてしまうなんてことは、あり得るのかしら」

できるだけ軽い調子でアリシアが口にすると、スープを口に運ぼうとしていたジェームズ王の手が止まった。銀器を置き、ナプキンで口元をぬぐってから、ジェームズ王は瞳をアリシアに向けた。

「絶対にあり得ないよ。――と、言い切ることは、できないね」

「ハイルランドにはおばあ様がいらっしゃるのに？」

つい勢い込んで尋ねたアリシアに、王は神妙に頷いた。

「シアが言うように、エアルダールは母上の祖国であり、あちらと友好を結ぶのは父上の悲願だ。私としても、元を同じくする隣国と、これ以上無駄な血を流すつもりはない。けれどもね、シア。友好というものは、両者にその意思があるときに、初めて結ばれるんだよ」

「エアルダールが、約束を違える可能性があるの？」

冷めてしまうよ、とジェームズ王は、アリシアに食事をすすめた。気もそぞろにアリシアがスープを飲み終えると、さっそく給仕が食器を下げる。新たな料理がくるのを待つ間に、ジェームズ王は再び口を開いた。

「エアルダールの女帝、エリザベスを知っているかい？　といっても、シアはまだ会ったことはないね」

「お名前だけは、よく聞くわ。とても頭の切れるお方なのでしょう？」

「そう。知力に優れ、威厳もある。そして――、大国を統《す》べるにふさわしい、烈《はげ》しい女性だ」

女帝エリザベス。

今の時代に生きて、その名を知らぬ者はない。

ジェームズ王とは従姉妹にあたる血筋だが、実のところ、生まれだけを見れば彼女が皇位を継ぐことはなかった。なぜなら、エリザベスを生んだのは、正妃ではなかったからだ。

愛人の子であるエリザベスがなぜ女帝の位についたのかといえば、そこには黒い噂が数多《あまた》と存在する。一説によれば、正妃の子供を毒殺したとも、罪を被せて幽閉したとも言われるが、彼女の圧倒的な権力の下、今更それらの真実を暴こうとする者はいなかった。

「ベスは今、国内の体制を整えるのに熱を上げているから、好んで戦争を始めたりはしないね。けれど、ひとたび彼女がこちらに興味を向けたら、一切の容赦なくハイルランドを取りにくるだろう。そのときは、私は王としてこの国を守らなくてはならない」

「……もしも、私がエアルダールの皇子と婚姻を結べば、戦争の抑止力となり得ますか」

アリシアは気がつかなかったが、戸口近くに控えるアニが軽く目を見張った。唇を引き結び、顔を強張らせて答えを待つ主人の横顔を、侍女は心配そうに窺い見た。

と、ジェームズ王が丸い手を伸ばし、アリシアの頭をぽんぽんと叩いた。

「お父様?」

「シアはいつの間に、王女としての役目を意識するようになっていたのだね」

ふたりの前に、給仕が新たな料理を置いた。白身魚のポワレを口に運び、ジェームズ王は顔を綻《ほころ》ばせた。それを見ていたら、心配事もよそに空腹を覚え、アリシアも柔らかな身をぱくりと口に入れた。

「実はね、フリッツ皇子とシアを引き合わせたいと、ベスから何度か打診が来ているんだ」

「それって!」

「うん。ふたりの婚約を狙ってのことだろうね。もちろん、その度に丁寧にお断りを入れているよ。ベスが大好きな、ぐっと渋味のある赤ワインをお土産にね」

あんぐりと口を開けたアリシアに対し、ジェームズ王は丸くて愛嬌のある指を2本立てた。

「大きな理由はふたつ。フリッツ皇子をシアのお婿さんに迎えれば、ハイルランドの次期王は彼になる。だけど、彼はエアルダールでも皇位継承順位の第一位だからね。いくら二国の関係がよくなりつつあるとはいえ、貴族や庶民が反発してしまうよ」

といっても、ベスはあと数十年、誰かに王位を譲るつもりなんてないだろうけど、とジェームズ王は肩を竦《すく》めた。

「もうひとつの理由は……、そうだね、シアがこのまま頑張り続けることができたら、いつか教えてあげようかな」

「頑張るって、なにを？　勉強のこと？」

「もちろん勉強もだけど、それだけじゃないよ。いっぱい考えて、君が正しいと思うことを貫いて、たくさんチャレンジしてごらん。そして、君がその器を示したときは、答えを教えてあげるよ」

謎かけのような言葉を残すと、王は目の前の料理に興味を移した。今日の魚は格別に美味しいと笑みくずれるジェームズ王は、これ以上この話を続けるつもりはないらしい。

仕方なく、アリシアは頬をふくらませてから、ポワレを口に運んだのであった。

重く、冷たくまとわりつく、暗い水の底。
遠い呪いの唱和が、オレンジの炎となって逃げ場を奪い、
黒き死神が、憎しみの裁きを下す。

そうしてまた、少女は自分の悲鳴で目を覚ました。

(ああ、もう。こんな調子で、本当に未来を変えられるのかしら)

久しぶりに、ぽっかりとスケジュールが空いた午後。鋸壁《きょへき》の凸凹の間にちょこんと腰かけて、アリシアは膝の上に頬杖をついた。

家庭教師の長い長い授業にもなんとか食らいつき、時にはクロヴィスに手伝ってもらい、集められるだけ知識をかき集めて。

だが、近年の情勢に戦争の火種となる事柄は見あたらず、とすると、やはり女帝エリザベスの心変わりが戦争のきっかけであった可能性が高いが、そんなもの、10歳の少女にどうやって防げというのだ。

(ちょっと、ヒントが足りないというか……。不親切じゃないかしら、星の使いさん)

「アリシア様!?」

瞼の裏に浮世離れした美少年を思い出して、内心で愚痴をこぼしていたアリシアの耳に、背後で息を呑む声がした。てっきり、周囲には誰もいないと思っていた王女が驚いて振り向くと、こちらを見たまま顔をひきつらせたクロヴィスの姿があった。

「クロヴィスじゃない。こんなところで、何をしているの?」

「ほかの補佐官と、法務府に向かうところで……。と、そんなことはどうでもいいのです！」

なるほど、彼の肩越しに後ろを見やれば、数人の文官が回廊に立つのが見えた。頭を揺らして、そちらをよく見ようとしたアリシアに、普段の冷静沈着さから想像がつかぬほど慌てた様子でクロヴィスは詰め寄った。

「いますぐ、その場所からお降りください。万が一、風に煽られでもし、アリシア様が落ちてしまったら大変です！」

「風に？　やだわ、私、そんなにどんくさくないわ。それに、今日は風も穏やかで、こんなに気持ちのいい空じゃない」

「そういう問題ではなく……！」

「おーい、クロヴィス。俺たちは、法務府に向かうからなー」

「は!?　なにっ!?」

手を振り去っていく同僚たちに、クロヴィスはぎょっとしたように目をむいた。澄ました顔で何でも答えてくれる優秀な補佐官が、今日はひどく取り乱していることを愉快に思いながら、アリシアは肩を竦《すく》めた。

「みんな、私がここに座っているのなんて、とっくに見慣れているのよ。なにせ、この場所は私のお気に入りで、しょっちゅう座っているんだもの」

「つまり、こんな危険な行為を、何度もしていると……」

安心させるつもりでアリシアは言ったのに、クロヴィスは重い溜息と共にこめかみを押さえた。

と、何を思ったか彼は、アリシアの隣に来て塀にもたれて並んだ。

「決めました。アリシア様がそこを降りられるまで、私もこの場所を離れません」

「えっと、ほかの補佐官たちを追わなくていいの？」

「ただ、書類を受け取りにいくだけです。アリシア様の身をお守りするほうが、よほど大事です」

「……ちょーっと、過保護すぎない？」

「なんと仰っても無駄です。ここは引きません」

切れ長の目でじっとりとこちらを見るクロヴィスは、本人が言うとおり、アリシアが降りるまではテコでも動かなそうだ。

やれやれ、これでは考え事を続けるのも難しそうだ。優秀な補佐官をいつまでも足止めするわけにもいかないと、アリシアが壁を降りようとしたとき、外の景色に視線を移したクロヴィスが軽く目を見張った。

「さすが、元は軍事の要として建てられた城……。この場所からですと、城下が一望できますね」

「いい眺めでしょ？　市井の人々や郊外のお屋敷、街を横断するエラム川や青々と茂る緑の森。今日みたいに天気がいい日は、うーんと遠くに目を凝らすの。この国のすべてが、見えるんじゃないかって」

「アリシア様のお気持ちも、わかる気がします」

得意げに胸を張れば、若き補佐官は感心したように景色に見入った。それに気をよくしたアリシアは、次々に建物を指さしながら、城下町について知っていることを披露した。

「あそこに見える赤い屋根はね、町の人たちに人気のパン屋よ。焼き菓子も作っていて、それはすぐ売り切れてしまうわ。でね、あのオレンジ屋根は、マダム・エルザの仕立屋。社交界シーズン前は、マダムは朝から晩まで大忙しだわ」

「ほお。よくご存知ですね」

「あとね、クロヴィスはエラム川の灯籠《とうろう》流しは見たことある？　たくさんの灯籠で川がオレンジに染まって、とってもきれいなのよ。そうだわ！　次の星祭の夜、ここで……」

言いかけて、アリシアははっと言葉に詰まった。前世で、自分は星祭の夜に死んだのだ。それも、目の前の青年に胸を貫かれて。

ふいに口を閉ざした主人に、クロヴィスは秀麗な顔をわずかに傾けた。だが、深く追及しようとはせず、すぐに城下町に視線を戻した。

「アリシア様は、市井に行かれたことがあるのですか？　大変お詳しかったので、もしかして視察で町に出られるなど……」

「あ、ううん。実は、ぜんぶ侍女たちの受け売りなの。私は一度も、このお城を出たことがないから」

ごく自然に会話の流れが変わったことに感謝しつつ、アリシアは気を取り直して首を振った。

するとクロヴィスは意外そうにアリシアを見て瞬きをした。

「ただの一度も、ですか？」

「ええ。おじい様とおばあ様が住む東の離宮にも、行ったことがないの。フーリエ女官長が、『王女たるもの、軽々しく城を出て民の前に顔を晒《さら》すべきではない』、なーんてことを言うから」

以前、よく家庭教師の授業を逃げ出していたとき、アリシアはあっちへちょろちょろ、こっちへちょろちょろと、城内を歩きまわっていた。何をしているのかといえば、宮廷騎士の稽古場に顔を出したり、文官の仕事部屋をまわって相手をしてもらったりしていた。

人懐っこい性格で、空色の瞳をきらきら輝かせて遊びにくる愛らしい王女に、城内のみなはそれはそれは甘かった。慣れている者だと、お菓子を用意して待っていたり、追いかける侍女から匿《かくま》ってくれたりした。

フーリエ女官長としては、それと同じ気軽さでアリシアが城下に出かけてしまっては、王女として体面が保てないというのだ。

「本当のところ、私が城のみなと仲良くしすぎるのも、女官長はあまりよく思っていないの。それに関しちゃ、もう諦めているらしいけれど」

「……宮廷教育の方針に、私は明るくありません。ですが、むしろ私は、君主と民の距離が近いことは好ましいと考えます」

ぽつりと漏らしたクロヴィスは、はっと口元に手をやった。

「申し訳ございません！　出すぎたことを申しました」

「いいわ。それより、なぜクロヴィスがそう思うのか、教えてくれる？」

興味をひかれて、アリシアが空色の瞳で顔を覗き込めば、クロヴィスは気を落ち着けさせるようにこほんとひとつ咳をした。

「――長い目で見たときに、国の力の源となるためです」

涼やかな瞳に町並みを映し、クロヴィスは先を続けた。

「圧倒的な権力とカリスマで、民を従える王の形もあります。ですが、信頼によって王と民が結ばれ、民の一人ひとりが己の範疇で国をよくしようと動けば、王がたったひとりで権威を揮《ふる》うよりも、ずっと大きな力となりましょう」

「あなたが提言していた、えーっと、〝登用制度における、身分格差の撤廃〟、だっけ？　それを述べたのも、同じ理由？」

前にクロヴィスが提出した、エアルダールの報告書の内容を持ち出すと、若き補佐官は驚いてアリシアを見た。

「まさかアリシア様も、あれをお読みに？」

「ううん。お父様に頼んで見せてはもらったのだけど、難しくてさっぱり読めなかったわ」

だから、いつかクロヴィスに内容を聞こうと思っていたのだ。そう口にすると、彼はわずかに顔を赤らめた。

「同様の理由です。限られた者だけで知恵を絞っても、王国に新しい風を吹かせることは難しい。——どうせ埋もれるだけの身ならばと、思いの丈をぶちまけた提言でした」

どうやらクロヴィスは、提言によって、王の怒りを買うことすら覚悟をしていたようだ。だが予想に反してジェームズ王は、王国の現状と全くかけ離れた〝理想〟を興味深いといい、それを提言したふたりの若者を好ましいと気に入った。

その器の広さこそ、自慢の父が賢王と呼ばれる所以《ゆえん》だろう。

「王と民の、信頼、か」

アリシアの頭に浮かぶのは、耳にこびりついて離れない、革命の夜に響いた大勢の人々の声だ。松明をかかげ、武器を手に「殺せ」と唱和した彼らとフリッツ王の間には、信頼を築くことはできなかった。

そして恐らく、アリシアと民の間にも。

「民は、私のことをどう思っているのかしら」

穏やかな風が吹き、澄んだ空色の髪がふわりと舞い上がった。隣でクロヴィスは、少女の横顔があまりに大人びて見えることに、驚いて目を奪われた。憂いに表情をかげらせて街を見つめるアリシアは、やがてゆっくりと首を振った。

「私は、外の世界が怖い。守るべき、自国の民でさえも」

「アリシア様？」

「だめね。これじゃあ、王女失格ね」

誤魔化して浮かべた笑みは、本人が狙ったよりもずっと弱々しいものになった。髪をなびかせるアリシアの隣で、クロヴィスはもどかしげに唇をひき結んでいた。


「姫様。せっかくのお休みなのに、まーたお勉強ですか？」

クロヴィスと別れ、「どうせなら書庫にでも行って調べ物をしようか」などと考えながら自室に立ち寄ったアリシアは、鉢合わせた侍女ふたりになぜか詰め寄られていた。

「えーっと……、ダメ？」

「ダメです」

仁王立ちして前をふさぐアニとマルサは、声を揃えてきっぱりと否定した。ちなみにアリシアは、ふたりに追い詰められてベッドの上にちょこんと座らされている。

ここは通さぬと肩を並べる侍女ふたりの顔を交互に見て、アリシアは苦笑した。

「授業を抜け出して女官長に怒られるのは慣れっこだけど、勉強のしすぎで怒られるのは初めてよ？」

「最近の姫様は、いくらなんでも根を詰めすぎです」

腰に手をあてて、アニは目を吊り上げている。隣でマルサも、三つ編みを揺らしてうんうんと頷いた。

「お顔はどんどん青ざめていくし、目の下にはおっきなクマまであるし、このままじゃあ、ぱたーんと倒れてしまいますよぉー」

「私の顔、そんなに酷いの？」

「ええ、割と」

きっぱりはっきり言い切ったふたりの侍女に、アリシアはがくりとうな垂れた。ふたりがアリシア相手に構えずに話してくれるのは嬉しいが、もう少し婉曲的に言ってくれないとこたえる。主に心に。

「とにかく、今日はもう書庫に向かうのはおやめください。せっかくのお休みです。たまには、気分転換くらいしても罰はあたりませんよ」

「といってもねぇ……」

ベッドに後ろ手をついて、アリシアは侍女ふたりを見上げた。アニが言うところの気分転換なら、さっき風にあたってリフレッシュしてきたつもりなのだが。

すると、「そうですわ！」とマルサが笑顔で両手を合わせた。

「姫様といえば、やっぱりあれですよぉ。追っかけっこ！　すっかりご無沙汰じゃないですかぁ。せっかくだから、お城の中ぱぁーっと走って、ぱぱぱぁーっと運動しちゃいましょーう。

きっと、気分もすっきりぱっちり！　ですよぉ」

「はぁ？　それもダメでしょ」

おっとりと進言する相棒に、アニはジト目になった。

「姫様はお疲れなの。お体が休みを欲していらっしゃるの。追っかけっこだなんて、そんなの言語道断……」

「ううん。久しぶりに、思いっきり走るのも悪くないわ」

「姫様〜！」

アリシアはぴょこんとベッドを降りると、通せんぼするアニに笑いかけた。

「たしかに、座って本を読んでばかりでは、体がなまってしまうわ。城のみんなも、私があまり顔を出さないものだから、お菓子を用意して待っているかもしれないし」

「普通に歩いてまわればいいじゃないですか」

「それだとスリルがないもの。それに私を心配するなら、さっさと捕まえればいいのだわ」

「……言いましたね？」

あえて挑戦的に言ってウィンクをしてみせれば、アニも不穏な笑みを返した。腕まくりをして仁王立ちし、がらりと雰囲気を変えた侍女に、アリシアは素早く身を翻してふたりの脇をすり抜けた。

「姫様！」

「悪いわね。やるからには、簡単には捕まらないんだから！」

その日、「姫様が逃げた！」と城内に号令が響いた。

号令は厨房、騎士訓練所、書庫を駆け巡り、そしてついには――。


姫様が逃げた。

その号令は、またたくまに城を駆け巡った。

「ここのところ、めっきり大人しくなられたと思ったら、姫様ときたら……」

フーリエ女官長は、長々と溜息をついた。一国を代表するレディが、元気に城を駆けまわるなど言語道断なのだ。

それから、手隙の女官と侍女には姫を追うように、それ以外の者も姿を見つけたら最優先に姫の確保にあたるよう指示を出した。


「シアが逃げた？　はて、午後は授業がなくなったと聞いていたはずだよ？」

執務室のたくさん書類が積まれた机で、ジェームズ王はきょとんと首を傾げた。知らせを運んできたナイゼルは、微笑を浮かべて答えた。

「もとが元気な方です。せっかくのお休みを、羽を伸ばして楽しんでいるのかもしれませんよ」

「よいよい。子供は元気が一番だからの。けれど、アンリの鉄仮面は、きっといい顔をしないだろうね」

「如何にも」

姫を捕まえようと躍起になるフーリエ女官長の姿が浮かんで、ふたりは思わずにやりと笑った。だがすぐに、筆頭補佐官は笑みを消して表情を引き締めた。

「陛下。あなたはあの方を、アリシア様をどのようになさるおつもりですか？」

「さぁのー。不確定の未来を、ぴたりと言い当てることはできぬ。たとえ王であろうと、すべてが意のままに動くと思うのは思い上がりというものだからね。……お、見よ！　シアが走っている！」

とぼけた調子で肩を竦《すく》めてみせてから、王は窓の外に興味を示して声を上げた。走り方が可愛い、隠れ方も可愛いと娘に夢中になる王に嘆息してから、ナイゼルは書類に目を通しつつ、王への報告内容を再度確認し始めた。


「姫様はいた!?」

「こっちにはいなかったですぅー」

アニとマルサは、王女を探して城を走りまわっていた。すばしっこく逃げまわるアリシアを、ふたりはとっくの昔に見失ったのである。

「厨房は？　調理長がかくまっているんじゃないの？」

「それが、ずいぶん前に来て、お菓子を食べてからどこかに行ったって。そう言うんですよぉ。飲み終わったティーカップもあったし、ほんとだと思いますぅ」

あわあわと説明する相棒に、アニは考え込んで腕を組んだ。

騎士団訓練所に行けば、久しぶりに遊びにきた姫様が愛らしかったと、騎士たちがご機嫌に報告してくるし。

書庫に行けば、ちょこちょこと本棚の合間を隠れながら進む王女が微笑ましかったと、書庫管理官がほのぼの教えてくれるし。

厨房に行けば、一緒にお茶をしたのだと、ひげ面の調理長が顔をにやけさせるし。

「……なんとまぁ、この城の者はうちの姫様に甘々なんだから」

自分たちのことは棚に上げて頷き合うと、ふたりは再び王女を探して走り出した。

あちこちでかくまってもらったり、歓迎してもらったりしながら、青い髪をなびかせて少女は走る。――巡り巡った号令は、ついにここにも届いた。

「アリシア様が逃げた？」

「ええ。それで、こちらに姫様はいらしてません？」

息を切らして補佐室に現れたフーリエ女官長の言葉に、対応したクロヴィスは瞬きした。その長身をどけて、補佐室内を覗き込みながら、彼女は口早に説明した。

「ああ。あなたは知らないかもしれませんね。姫様は、よくこうして侍女相手に追いかけっこに興じるのです。大抵は、授業を抜け出してのことですが」

「それは、アニ殿より伺いました。しかし、今日の午後はお休みのはずでは？」

「……いらっしゃいませんね。姫様はあなたを気に入ったようですから、こちらにも来るかもしれません。そのときは、必ず、あの方を捕まえてくださいね。いいですね」

クロヴィスの質問には答えず、手短に指示を飛ばして、嵐のごとく女官長は去っていく。置いてきぼりを食らった補佐官のほうは、しばらくそわそわと自身の机まわりを動きまわっていた。やがて、意を決したように走って補佐室を出ていった。


（よし。追いかけてきている人は、いないみたい）

柱からぴょこんと顔を出して、アリシアはあたりを窺った。さっきまで、アリシアを探してばたばたと走る複数の足音が聞こえたが、今はそれすらも聞こえず静かなものだ。

アリシアは安全を確認してから、膨らんだ布バッグを撫でてほくほくと笑みを漏らした。

調理長や近衛騎士たちなど、しばらく会えていなかった面々は、アリシアを見るとものすごく歓迎してくれた。おかげで、レースのハンカチにくるまれて、焼き菓子が鞄の中いっぱいに詰められているのである。

(やっぱり、たまにはみんなのところに遊びにいくのもいいわね)

満足してふわふわと歩くアリシアの心は、すっかり晴れて爽快だった。「ぱぁーっと体を動かしましょう」とマルサは言っていたけど、彼女の言うとおりにしてよかった。

……気分よく歩いていたために、アリシアは自分がどこにいるのかに気がついていなかった。

座れる場所があれば、腰かけて菓子でもつまもうか。そんなことを考えて角を曲がったところで、そこに広がる光景にアリシアの足が止まった。


どくんと心臓が嫌な音を立て、金縛りにあったように全身が凍りついた。

そのとき初めて、自分が無意識のうちに、その場所を避けていたことを知った。


「星霜《せいそう》の、間……」

しんと静まり返った回廊に、彫の深い顔立ちをした乳白色の銅像が並び立つ。いっそ寒々しいといえるほど装飾をしていないため、かえって荘厳であるその場所は、記憶の中にある景色と全く変わっていなかった。

どきん、どきんと、心臓が早く脈を打った。

息苦しさを感じて、自分がうまく呼吸できないことに気づいた。

まずい。

一刻も早く、この場を立ち去らなくては。

アリシアが踵を返そうとしたとき、大理石の床を打つ無機質な音が響いた。

音の出所に視線を向けた途端、アリシアの頭の中は真っ白になった。

細く差し込む外の光に照らされて、銅像が並び立つひやりとした回廊の先に、その人物は立っていた。

漆黒の髪、恐ろしいほどに整った秀麗な面差し、すらりと均整のとれた長身。

アリシアを射抜く、冷ややかな紫の瞳。

「クロヴィス・クロムウェル……」

からからに渇いた喉から、かろうじて掠《かす》れた声が漏れ出る。同時に、アリシアの体は小刻みに震え、みるみるうちに血の気が引いていった。

「いや」

恐怖で動けないアリシアに向かって、黒き死神は足を踏み出した。

「いや、いや」

切れ長の瞳は、冷徹にアリシアを見据え、蔑《さげす》みと憎しみとに燃え上がった。

「いや、いやいやいや」

その手は鈍く光る剣を携え、アリシアの罪を裁くために振り上げられた。


「いやぁああああ！！！！！！」


「アリシア様!?」

「気を確かに持ってください、姫様!!!」

悲鳴を上げ、半狂乱になっていたアリシアは、気がつけば、信頼を寄せる侍女ふたりと女官長に取り押さえられていた。

「アニ、マルサ……？　フーリエ女官長……？」

震えた声で呼びかけると、心配と軽い混乱とで3人は顔を見合わせた。アリシアがまわらない頭で状況を確認すると、自身の顔は涙でぐちゃぐちゃで、菓子を詰め込んだバッグはいつの間にか地面に落ちてしまっていた。

と、霞む視界の先に、アリシアは求める人物を見つけた。

「クロヴィス……」

アリシアを囲む3人から距離を置いた場所で、若き補佐官が表情を強張らせて、こちらを見守っていた。王女を恐怖させた白昼夢の名残はすでになく、ただただ、凍りついたように立ち尽くす様は痛々しくもあった。

「ねぇ。クロヴィスは悪くないの。私が悪いの」

「落ち着いてください。落ち着くのです、アリシア様」

「本当よ。ねぇ、フーリエ女官長。彼は何も悪くないの」

弱々しくも、必死ですがりつくアリシアの背中を、なだめるようにフーリエ女官長が何度もさすった。そのうち、アリシアの空色の瞳からは、ぽろぽろと新たな涙がこぼれ落ちた。

「お願い。クロヴィスに伝えて。怖がらせてごめんなさいって」

最後にもう一度、ごめんなさいと呟いて、アリシアはぐったりと意識を失った。


アリシア王女は、侍女たちの手でただちに自室へと運ばれた。同時に、連絡を受けた医務官が駆けつけ、彼女の部屋は侍女やら医務官やらが慌ただしく出入りを繰り返した。

その邪魔にならないよう少し離れた場所で、クロヴィスは壁にもたれていた。

アリシアが運び込まれてから、ずいぶん時がたつ。その間、クロヴィスが部屋の中の様子を窺い知ることはかなわず、今、主人の容態がどうなのかは全くわからなかった。

〝クロヴィスは悪くないの。私が悪いの〟

蒼白な顔で、憔悴しきっているくせに、懸命にクロヴィスを庇おうとする少女の声が蘇《よみがえ》り、若き補佐官はもどかしげに己の黒髪をくしゃりと摑んだ。

アリシア本人の言葉もそうだが、女官長と侍女とが一部始終を近くで見ていたため、クロヴィスを責めたり、よからぬ疑いをかけたりする者はいなかった。

だから、クロヴィスがこの場に控えていなくてはならない理由は何もない。しかし、力なく運ばれていくアリシアの姿が瞼の裏にちらついて、クロヴィスは自室に戻る気には到底なれなかった。

「おお。まだ、ここにいたのか」

ふと、場違いなほど柔らかな声に顔を上げたクロヴィスは、切れ長の目を見開いた。

「陛下……！」

「よい。そのままで」

慌てて姿勢を正そうとしたクロヴィスを、ジェームズ王は穏やかに押しとどめた。見ると、医務官やら侍女やらがぞろぞろと、王女の部屋から出てきていた。

「アンリに事情は聞いたよ。お主も、災難だったの」

「いえ……。それよりも、アリシア様のお加減は」

「今は、落ち着いて眠っておる。というより、医務官がお手上げだね。主治医が言うには、どこも悪いところが見あたらず、極めて健康体なのだ。何か我々にはわからないものが、シアの心をひどく苦しめたとしか考えられぬ」

「左様、ですか」

王の答えに、クロヴィスは表情をかげらせて目線を落とした。

星霜の間でのアリシアの震えようは、どう見ても尋常ではなかった。何よりクロヴィスの胸を締めつけたのは、彼女はあのとき、間違いなくクロヴィスに怯えていたということだった。

苦しげに表情をゆがめた補佐官に、ジェームズ王は優しく微笑んだ。

「とうに日は落ちた。お主も、今日はもう下がって休め。ここにいても、できることはなかろう」

「それはできません」

弾かれたように答えると、クロヴィスは王に頭《こうべ》を垂れた。

「無礼を承知で、お願いいたします。今宵はこの場にとどまることを、どうかお許しいただけないでしょうか。……たとえ、私にできることがなくとも、あの方がこれ以上苦しむことがないよう、そばにいてお守り差し上げたいのです」

この件に関して己が無力であることを十分理解したうえ、クロヴィスは頭を垂れていた。そんな補佐官に、ジェームズ王は丸い顔に苦笑を浮かべた。

「扉の外に顔を青ざめさせた男が夜通し立っているなど、想像しただけで夢見が悪くなりそうだがのぉ」

「くっ」

茶目っ気たっぷりの的確な突っ込みに、クロヴィスは言葉に詰まった。だがジェームズ王は、ちょうど王女の部屋から出てきたアニを捕まえて、肩を竦《すく》めながら言った。

「この者が、ここを動かぬと頑固でな。無理をして倒れられても敵わぬから、シアのベッドの隣に椅子を用意してやってほしいのだ」

「……はい⁉」

「陛下、それは！」

思わず素が出てしまったらしいアニが、目をむいてクロヴィスを見る。だが、慌てたのはクロヴィスとて同じだ。

「私はここでかまいません。王女殿下の寝室にお控えするなど……」

「お主を一晩この場所に立たせたとなれば、私がシアに怒られてしまう。――お主がシアに忠義が深いことはよく知っている。それだけで、お主を信頼するには十分じゃ」

呆気にとられるクロヴィスの肩を軽く叩いてから、ジェームズ王はその場を立ち去ってしまった。すると、アニがぱんぱんと両手を叩いた。

「いつまで呆《ほう》けているのです。ジェームズ王のお許しが出たのよ。椅子ならお医者様が使っていたのがあるから、さっさと中にお入りください」

「しかし、私は――」

なおもクロヴィスが渋ると、アニはきっとクロヴィスを睨んだ。

「はい、いますぐ決める！　中に入るの？　入らないの？　さあ、どっち？」

「入ります」

侍女の勢いにおされて、クロヴィスはとっさに頷く。

慌てて取り消そうとして、すぐに思い直した。

もし、ここで自分が退いてしまえば、何がアリシアを苦しめたのか、永遠に知ることはできない。そのような漠然とした予感があった。

心優しい彼女のことだ。本当にクロヴィスの存在が彼女を苦しめているのだとしても、そのことをもう二度と、誰にも悟らせないように固く胸の内にしまい込んでしまうだろう。

それだけは、絶対に嫌だった。

「入ります。案内していただけますか？」

自分自身に決意を刻むように、クロヴィスはもう一度繰り返した。

そんな彼を穴があくほどにじぃっと見つめてから、ややあって、アニは大きく溜息をついた。

「わかりました。では、私についてきてください。その代わり、もし姫様が目を覚ましたとき、あなたを見て再び取り乱すようなことがあれば、すぐに部屋を退出していただきますからね。それだけは心得ておいてくださいよ」

「もちろんです。その……、ありがとうございます」

「お礼を言われる筋合いはありません。あなたを無理に追い返したりしたら、あとで知った姫様が悲しむかなって、そう思っただけです」

ふん、と形のよい鼻を鳴らし、アニはくるりと背中を向ける。

それから侍女は、扉に手を伸ばしたのであった。


かぽり、と音がして、口から大きな空気の塊が漏れ出し、ゆらゆらと上へ昇っていく。

また、この場所だ。諦めにも似た心地で、アリシアは暗い水の底を見つめた。

ほどなく、おぼろげに揺れるオレンジの炎があたりを包み込む。立ち昇る炎の動きに合わせて、革命の叫びがこだまする。

もう、嫌だ。限界だ。

小さな体を丸めて、アリシアはぎゅっと耳を押さえた。

前世の記憶が己を追い詰める。未来など変わらぬ、努力は無駄だと、アリシアの心を挫《くじ》かせる。

あと何回、この絶望を繰り返すのだろう。

あと何回繰り返せば、この絶望から抜け出せるのだろう。

かつんと乾いた音が響き、目の前に立つ何者かの足が視界に入った。つられて顔を上げると、あの夜と同じ、冷たく自分を見下ろすクロヴィス・クロムウェルと目が合った。

毎夜繰り返したのとは違い、不思議とアリシアの心は恐怖一色に塗りつぶされることはなかった。その代わりに、アリシアの胸を襲ったのは〝痛み〟だった。

〝ねぇ、クロヴィス。あなたはなぜ、私を殺したの？〟

アリシアの問いかけに、その美貌をぴくりとも動かさず、男は黙って王女を見返した。無感動に見つめる紫の瞳に、自分の泣きそうにゆがんだ顔が映るのを、アリシアは見た。


〝お前はまだ、殺してしまいたいほど、私が憎い？〟


こんな暗闇の中でもわかるほど、王女の顔は青白い。

そのくせ、身じろぎもせず横たわっているものだから、クロヴィスは、このまま彼女が深い眠りについてしまうのではないかと不安になる。

〝マルサを手伝ってきます。すぐに戻りますから、ここに座っていてください〟

クロヴィスをベッドの横まで案内したあと、アニはそのように言い残して、侍女の控室へと行ってしまった。なんでも、一晩交代でアリシアを看病するにあたって、今のうちにいろいろと準備することがあるのだという。

対して、自分はどうだろう。あれこれと思い悩みながら、隣で寝顔を見守ることしかできない己は、なんと滑稽で役立たずなことか。

そのように自嘲的な心地に囚われつつも、どうしてもアリシアのそばから離れるつもりにはなれなく、居心地の悪さを抱えながらクロヴィスは静かに控えていた。

（アリシア様……）

彼女は、変わった姫だ。

紛れもない高貴の身の上にあるというのに、彼女はそれを決して驕らない。いっそ無邪気といえるほどの人懐っこさは、時として彼女が一国の王女であるという事実を忘れさせてしまう。

自分がアリシア付き補佐官などという立場にあることを、クロヴィスは不思議に思う。なぜなら、初めて彼女の姿を目にしたとき、自分とアリシアとでは住む世界が違うという思いが、クロヴィスの胸を満たしたからだ。

父王に愛を一身に注がれる、ハイルランドに咲く青き薔薇。その愛らしさで、臣民問わず虜にしてしまう、美しき姫君。

まるで、自分とは真逆であった。

王妃を亡き者にしようとした謀反人にして大罪人ザック・グラハム。その肖像画は不吉なものとしてすべて燃やされたが、彼がグラハム家に代々引き継がれる漆黒の髪と、珍しい紫の瞳を持っていたというのは有名な話であった。

大罪人の外見的特徴を色濃く引き継いでしまったクロヴィスを、血縁の者たちですら疎《うと》んじた。特に母は、一族の恥を思い起こさせるクロヴィスを視界に入れることを極端に嫌い、使用人たちに命じて遠ざけた。

だから彼は、自分の武器となるものを求めて、勉学、剣術にと打ち込んだ。幸いにもクロヴィスは人より器用なところがあり、本人の並々ならぬ努力もあって、王立学院を首席で卒業するところにまで上り詰めた。

それでも、両親や血縁者たちがクロヴィスを見る目は変わらなかった。おまけに、クロヴィスが抜きん出て優秀であるほど、彼の出自に目をつけて、貶《おとし》めようとするものは絶えなかった。

仕方ないと、諦めていた。

自分は生涯、ザック・グラハムの呪縛から逃れることはできないのだと。

ゆえに、式典で王女にその手を摑まれたとき、クロヴィスは自分が幻影でも見ているのではないかと、我が目を疑った。

晴れた空のように澄んだ瞳が、一切の迷いなくクロヴィスを見つめていた。道を示すかのように彼の手を取って凛と立つ姿は、あまりに気高く美しかった。

気がつくと、クロヴィスはその場に跪《ひざまず》いていた。この上ない幸福に胸が熱く満たされていくのを感じつつ、ひとつの決意に全身に震えが走った。

自分は、この方に仕えるために生まれてきたのだ。

我が身のすべてをかけて、アリシア王女に仕えなければならぬ。

(アリシア様、俺はあの日、あなたに救われたのです)

ふと、それまで静かに眠っていたアリシアがわずかに顔をしかめ、薄く開いた唇から苦しげな吐息を漏らす。彼女の手が、何かを求めてぴくりと動いた。

少し迷ってから、クロヴィスはその小さな手をそっと包んだ。

うなされる人間をなだめる術を、クロヴィスは知らない。

高熱を出して苦しんだ夜も、孤独に苛《さいな》まれてひとり泣いた夜も、そばにいて慰めてくれる者がクロヴィスにはいなかった。逆もまた同じで、彼自身、誰かを慰めたり、愛情を注いでやるということをしたことがなかった。

彼にとってそれは当たり前のことだったから、今更そのことについて胸を痛めるつもりはない。だが、冷えた少女の手に触れながら、クロヴィスは初めて人と深く関わってこれなかったことを――彼女を救う方法を知らないことを悔やんだ。

届け。届いてくれ。気がつくと、クロヴィスは祈っていた。

繋いだ手を通じて、少しでも彼女を元気づけることができたらいいのに。そんな馬鹿げた願いにすら、今はすがりたくなってしまう。

出口の見えない暗闇の中、ひとりで彷徨っていたクロヴィスに、光り輝く王女が救いの手を差し伸べてくれた。

今度は、自分が彼女を救う番だ。

――苦しまないでください、アリシア様。俺の、たったひとりの大切な方。

気づかぬうちに手に力を込めながら、クロヴィスは必死に祈りの言葉を唱えていた。

〝お前はまだ、殺してしまいたいほど、私が憎い？〟

アリシアの問いは、どろりとした水の中に溶けていった。クロヴィスはそれには答えず、いつものように鈍く光る剣をゆっくりと掲げた。

ああ、やっぱり。私は、この者に殺される運命なんだ。

そう諦めて目を閉じたときだった。

〝少しお疲れのように見えますが、明日にまとめて報告いたしましょうか〟

〝歴史や時事に関する事柄でしたら、このクロヴィスがアリシア様の力になれるかもしれません〟

〝いますぐ、その場所からお降りください。万が一、風に煽られでもし、アリシア様が落ちてしまったら大変です！〟

〝我が身のすべてを捧げ、アリシア様にお仕えいたします〟

アメジストに似た澄んだ瞳でアリシアをまっすぐに見つめ、誓いの言葉を述べた若き補佐官の姿が瞼の裏に蘇り、アリシアははっと目を開いた。

〝あなたに、私は殺せない〟

ふだんは涼し気な瞳が、とても温かな色を浮かべること。

冷静沈着に見えて、実はけっこう慌てることがあること。

完璧超人のくせに、臆病で脆《もろ》い一面もあること。

2回目の生の中で、このクロヴィス・クロムウェルについて、いろんな顔を見てきたではないか。

前世の呪縛になど、もう惑わされてなるものか。

〝王女として命じます。私に仕え、未来を変える助けとなりなさい〟

今にも剣を振り下ろそうとする補佐官に向かって、アリシアは手を伸ばした。その瞳にすでに怯えはなく、凛と強い光を宿していた。

〝あなたが憂いたこの国の未来を、憎んだ世界を、私が変えてみせる。だから、この手を取りなさい〟

剣を振り上げたまま、冷たい眼差しがアリシアを見据えた。それでもアリシアは、気高くまっすぐに男へと手を伸ばし、叫んだ。

〝手を取るのよ、クロヴィス！　お前は私の、補佐官でしょう‼〟

途端、どろりとした液体が消え去って、アリシアの体は澄んだ透明な水に包まれた。清らかな流れにマントをはためかせ、美しい補佐官は剣を手放した。

閉ざされていた世界に柔らかな光が差し込み、きらきらとヴェールのように揺れる。どこまでも清らかで眩《まばゆ》い光の中、クロヴィスがゆっくりと微笑んだ。

その笑みは、夜空を照らす星々のように美しく、どこかで聴いた調べのように温かく、悲しくなるくらいに優しくアリシアを包み込む。アメジストに似た深い色を湛《たた》えた瞳に魅入られて動けないアリシアの手に、クロヴィスの白く細い指がそっと触れる。


ふたりの手が強く繋がったとき、アリシアの意識は覚醒した。


「アリシア様?」

ここはどこだと、アリシアはゆっくり瞬きをした。暗さに慣れた目は、すぐに自分が自室のベッドに横たわっているのだと理解した。

と、右手を包み込む温かな感触にそちらを見て、アリシアは空色の目を見開いた。

「クロヴィス……?」

「無理をなさらないでください。覚えていますか? あなたは、星霜の間で倒れたのですよ」

そろそろと体を起こしたアリシアの背中を、すぐにクロヴィスの大きな手が支える。その間も反対の手は、少女を守ろうとするかのように繋がれたままだ。

おそらく、補佐官のほうもすっかり失念していたのだろう。アリシアの視線に気づいたクロヴィスは、自分が王女の手を摑んだままであることを思い出して、途端に慌てた。

「これは……！　申し訳ありません！」

「離さないで！」

鋭く命じたアリシアに、クロヴィスが驚いて顔を上げた。その涼し気な紫の目が、アリシアの顔を見て大きく見開かれた。

「どうして、泣いているのですか？」

「え？」

言われて初めて、大粒の涙がこぼれ落ちるのに気がついた。熱い雫《しずく》は後から後から溢れ出て、ぽたぽたと音を立ててシーツに大きな染みを作った。

突然泣き出した主人に、クロヴィスの形のいい眉が困ったように寄せられる。ためらいがちに、繫いでいるのとは反対の手を伸ばし、白くて細い指でそっとアリシアの目元をぬぐった。

「私を、頼ってはいただけませんか？」

涙を堪《こら》えようとして、ひくっとアリシアの喉が鳴った。そんなことはお見通しだというように、もう一度、今度は迷いのない手つきで、クロヴィスの手が頰に添えられた。

「どうか、ひとりで抱え込まないでください。あなたが泣いていると、私はいても立ってもいられなくなってしまう」

「…………ふぇ」

アリシアは、抗うことを手放した。小さい嗚咽《おえつ》が漏れて、次いで王女は幼子のように泣きじゃくった。とめどなく溢れる涙を拭いながら声を上げて泣くアリシアの背中を、大きくて温かな手が何度もさすった。

ずっと、ひとりで堪えてきた。

しかし、一度決壊してしまったら、もう本音を抑えることはできなかった。

「……ゆめを……っ、みるの」

「はい」

「ゆめの中で、っ、わたしはみなに憎まれているの」

「ええ」

「憎まれて、ひとりで、っ、死んで……！」

ううん、違う。

大きく頭《かぶり》を振ってから、アリシアは一気に吐き出した。

「わたしは、この先の、未来、で、殺される。いいえ、未来で、っ、一度死んだわ。そして、生まれ変わったの」

つい最近、死の間際の記憶を思い出したこと。

前世で自分は、この国の王妃であったこと。

〈傾国の毒薔薇〉として命を絶たれたこと。

星の使いに、未来を託されたこと。

――さすがに、命を奪ったのがクロヴィス本人だという事実は避けた。しかし、決して誰にも言わないと固く誓っていた事柄の大半を、気がつくとアリシアは目の前の青年に打ち明けてしまっていた。

話している間、何度か頷く以外は、クロヴィスはひと言も口を挟まなかった。ひと通り話し終えてしまうと、だんだんと頭が冷えてきて、アリシアの心には後悔の念が芽吹き始めた。

クロヴィスは、さぞやアリシアを頭のおかしい王女と思ったことだろう。

不意に黙り込んだアリシアに、意図を察したらしい補佐官は苦笑した。

「私が信じないとお思いですね」

「自分でも、荒唐無稽な話だと思うもの」

赤くなった目元を隠そうと、アリシアはふいっと目を逸らした。すると、右手を包み込む力がぎゅっと強くなった。

「私は、アリシア様の言葉を信じます」

「……うそ」

「あなたに、嘘などつきません」

「うそ！」

涙で濡れた目できっとクロヴィスを睨みつけ、アリシアは叫んだ。だが、クロヴィスは真剣な瞳に主人を映したまま、ゆっくりと首を振った。

「私をからかうために、あなたがこんな話をするとは思えません。それに、現に目の前であなたが苦しんでいる。それだけで、根拠は十分です」

アリシアの目から、新たな涙が溢れた。にじむ視界の先に映る美しい男の顔は、夢の中で見た穏やかな笑みと重なって見えた。

「私のすべてを、あなたに捧げると誓ったはずです。――アリシア様を苦しめる未来を、俺が変えてみせる。俺はあなたの、補佐官ですから」

ね、言ったでしょ？　未来は、変えられるんだよ。

再び泣き崩れたアリシアの耳に、そんなふうに笑う星の使いの声が聞こえた気がしたのだった。

5．姫殿下の覚悟と、王の器

クロヴィスは、待っていた。

艶めく漆黒の髪を無造作にセットし、ダークブラウンの外出用ロングコートを羽織って寛ぐ様は、まさしく休日を楽しもうとふらりと街を訪れた貴族のスタイルである。

と、先ほどまで中できゃーきゃーと響いていた女性の声がやみ、クロヴィスの目の前の扉が開いた。中から出てきたアニは、いたずらっぽくウィンクをした。

「お待たせしました、若旦那様。妹君の御仕度がととのいましたよ」

アニが道を譲ると、その後ろからそろそろと小さな姿が現れる。

「どうかしら？　おかしくない？」

チャコールグレーのフード付きポンチョをはおり、その下に控えめながらも可愛らしいデザインのモスグリーンのスカートをのぞかせて登場したのは、アリシアだ。慣れない服装のためか、もじもじと落ち着かない王女に、クロヴィスはにこりと微笑んだ。

「もちろん。とてもお似合いですよ、アリス」

時は、少し遡《さかのぼ》る。

革命にクロヴィスが参加していたこと。

彼が、アリシアを殺した張本人であること。

そのふたつを除いて、アリシアがクロヴィスに洗いざらい話してしまった後。王女が落ち着いた頃合いを見て、黒き補佐官が口を開いた。

「さて、未来を変えるにあたって、やはり目下のところ一番の問題は、エアルダールとの戦争をいかに防ぐかですね。といって、前世の情報だけではとても足りない……」

どうやら本気で未来を変えるつもりらしいクロヴィスに、自分のことは棚に上げて、アリシアは目を丸くした。そんな主人の前で、あれこれと思案する様子を見せてから、クロヴィスは真剣な顔で頷いた。

「少々、隣国の情勢について探りましょう。幸い、外交関係は補佐室の得意とする分野です。ついでに言えば、個人的に視察団時代のツテもある」

そう補佐官は頼もしく請け合うと、数日後にほんとうに隣国の内情を調べてやってきたので、アリシアはますます驚愕した。

「まず、エアルダールですが、向こう5年は戦争を仕掛けてこないでしょう」

「そんなふうに、断言できるものなの？」

そろそろお互い慣れた夕刻の顔合わせで、アリシアはぱちくりと瞬きをし、優秀な補佐官に疑問を投げかけた。なお、いつもはアニやマルサがそばにいることが多いが、今日は人払いをして、部屋にいるのはふたりだけだ。

「根拠はいくつかありますが、最も大きな理由は、エリザベス帝が取り組んでいる内政改革が挙げられます」

アリシアは緊張した面持ちで次の言葉を待ち、ごくりと喉を鳴らした。そういえば父王も、「ベスは国内の体制を整えるのに熱を上げている」と言っていた。

「これは、私たち視察団が派遣された理由にも繋がることですが……。現在、エリザベス帝は、国家の中央集権化を推進するのに夢中になっています」

「……えっと」

アリシアは、思わずぽかんと口を開いた。クロヴィスも、アリシアが混乱することを予想していたらしく、一枚の大きな紙を取り出した。

「ごらんください。これが、現在の我が国の政治体制です」

府庁の名前が書き込まれた用紙を見て、無意識のうちにアリシアの額にしわが寄る。さすがのアリシアも、まだ政治体制など詳しいところまでは習っていないのだ。

難しそうに顔をしかめた主人に、クロヴィスは笑みを漏らした。

「すべてを理解されなくて結構ですよ。わかりやすい例を挙げるなら、こちらです」

彼はそう言って、〝地方院〟のまわりをくるりと指でなぞった。

「我が国では王国直轄領を除き、侯爵以上の爵位を持つ古参貴族に領地を与え、経営を任せています。便宜上、領主たちは地方院の管轄下とされていますが、実権を持つのは彼らです。ここまでは、よろしいですか？」

「なんとなく」

神妙な顔で、アリシアは頷いた。

「対して、エリザベス帝が進めている改革とは、領主制の完全廃止。たとえるなら、貴族領主に代わって、地方院直轄の役所が置かれると申しましょうか。当然、独立性は損なわれ、貴族は完全に中央の管理下に置かれるようになる」

「難しいことは、よくわからないのだけれど……。そんなことをしてしまって、あちらの貴族は怒ってしまわないの？」

もし、ハイルランドで同じような改革を行おうとしたら、枢密院は黙っていないはずだ。枢密院の構成員は、主要な領地を与えられた有力貴族ばかりだ。それこそ、反乱でも起きて革命だ何だと、国が荒れてしまうことだろう。

しかし、クロヴィスは短く首を振った。

「あの女帝に、真っ向から逆らえる人間はいません。それに、エアルダールはもともと、集権的な色合いの強い国でした。ハイルランドとは違い、国境を接する国が多いため、早くから中央化が始まったのでしょう」

言いながら彼は、紫の瞳をアリシアに向けた。

「改革が成功すれば、エアルダールの国力は倍増します。啓蒙活動が成功し、一般の民にまで上昇志向が高まっていますし、改革の非常によい追い風となっていることでしょう」

そんなせっかくの好機に、戦争などという無粋を挟むわけがない。

それが、少なくとも5年は戦争を仕掛けてこない根拠である。

そう締めくくった美しき補佐官の言葉に、アリシアはほっと胸をなでおろした。


（……クロヴィスに、前世のことを打ち明けてよかった）

自分ひとりで悩んでいたら、いつまでも答えを出せずにいただろう。

とはいえ、未来のことだ。この先、何があるかわからない。自分が何歳で死んだのかは不明だが、記憶の中の自分やクロヴィスの姿から推察するに、最大でも15年ほどしか猶予はなさそうだ。

「なにか、戦争の火種となりそうなことはあった？」

「政治、外交の類で、両国の間に目立った問題はありません。現状から、予測を立てるのは不可能です」

「そうよね」

口元に手をあてて、アリシアはしばしの間、考え込んだ。明確な戦争のきっかけが見あたらない以上、万が一に戦争が起きたときを想定して備えなければならない。幸い、数年の猶予がある可能性は高いのだから、その分の時間は稼げる。

「エアルダールとの和平をこのまま保てるよう、目を光らせるのは大前提として……。怪しまれない程度に、戦争に備えておきたいわ。何ができるかしら？」

「食料の備蓄や武器の補充、国境防衛の強化。ちょうどロバート・フォンベルトが、隣国を参考にした国防強化案をまとめて提出しています。それを実行に移すよう、補佐室で働きかけましょう」

「おねがい。お父様はもちろんだけども、戦争によって、たくさんの民が血を流したり、飢えてしまったりするのはごめんだもの」

「御意」

恭《うやうや》しく述べてから、ふと、クロヴィスは秀麗な顔に微笑みを浮かべた。

「やはり、あなたには生まれつき、上に立つ者としての器が備わっているようです」

「どうして、そんなことを思ったの？」

唐突な発言に、ぱちくりと目を瞬かせて、アリシアはとんきょうな声を上げた。自由に振る舞って女官長に叱られたことは星の数ほどあれど、そんなふうに褒められたことは一度もない。

そう戸惑うアリシアに、補佐官は優しい目を向けた。

「侍女たちへの振る舞いや、私への態度でわかります。あなたは、守るべき臣下や民が傷つくのを放っておけない人だ。そうして王女という立場を自覚しつつも、臣下に対等であろうとし、その意見を汲もうとする。やろうとして、できることではありません」

「あ、ありがとう」

大真面目な顔でひとまわりもふたまわりも過大に評価してくれる補佐官に、アリシアはむずがゆさを覚えながら小声で礼を言った。ちらりと前を見ると、世にも類まれなる美貌の顔いっぱいに〝敬愛〟とやらを載せて、きらきらと補佐官が微笑んでいる。

「……あのね、クロヴィス。あなたは私をやたらと褒めてくれるけれど、私はそこまで大した王女じゃないの。たまたま前世の記憶のせいで、ちょっとばかし未来に関心が高いだけ」

前世の記憶を取り戻す前のアリシアだったら、国の行く末を見据えて何かをしようだなんて考えなかったし、式典にも参加しないからクロヴィスを補佐官に指名することもなかった。

それを告げてもクロヴィスは、ゆっくりと首を振った。

「重要なのは与えられたきっかけに対して、何を考え、何を為すかです。少なくとも私はあなたの本心を知り、ますますアリシア様が主君でよかったと思っております」

顔が熱くなるのを感じて、アリシアは慌てて顔をそむけた。熱っぽく忠誠の言葉を告げるクロヴィスは、先ほどからとんでもない色気を漂わせている。内容に突っ込みを入れたいところだが、それを忘れてしまうほどにこちらが照れてしまう。

「そ、それに、言ったでしょ。私は城の外が、自国の民が怖い。そんな人間が、上に立つにふさわしいなんて言えないわ」

「そのことについてですが、提案がございます」

そこはかとなく嫌な予感がして、アリシアはじっとりと補佐官を見つめた。

「あなたの口から、何が飛び出すか不安だわ」

「大それたことではございません。私が申し上げるのは、ひとつだけ。アリシア様、ぜひとも城下に参られませ。自国の民を、その目で確かめるのです」

「やっぱり、言うと思った！」

ささっと立ち上がると、アリシアは素早くソファの後ろに身を隠した。顔だけ半分のぞかせて、にこやかに微笑む補佐官をうらめしく見上げる。

「この間の、星霜の間での取り乱し方を見たでしょう⁉　あのときと同じように、町中でパニックを起こすかもしれないわ」

「もちろん、私もお伴いたします。アリシア様の身に危険がないよう、全力でお守りさせていただきます」

「そこではないわ。ね、クロヴィス。そこじゃないのよ」

「実は私、学院では剣の腕も立つほうでして」

「話を聞きなさいってば！」

結局、クロヴィスに押し切られるようにして、アリシアは城の外に視察に出る約束をしてしまった。

げんなりと肩を落としつつ、王女の頭に浮かぶのはある疑問である。はたして、あの鉄仮面ことフーリエ女官長は、王女が城の外に出ることをよしとするだろうかと……。

「なりません」

「しかし、フーリエ女官長」

「なりません」

案の定、だめだった。もう30分以上も同じ押し問答を目の前で続けられ、アリシアはこっそりと溜息をついたのだった。

「聞いていた以上に、頑固な方のようだ……」

ついにフーリエ女官長を説得することを諦めたクロヴィスが、女官長がいなくなったあとで、疲労をにじませて呟いた。初めは理詰めで攻めようとした補佐官も、一切表情を変えない女官長を相手に、完全に諦め顔になってしまっていた。

「王女は深窓の乙女であってこそというのが、女官長の信念だもの。本人は、死んだ母に代わって、私を立派な乙女にしようと燃えているの。責めないであげてね」

「それにしたって、あれはひどい。こちらの言葉など、何も届いていないという顔だ……」

この頭の切れる男にしても、あの鉄仮面ぶりは難攻不落の要塞だったらしい。げんなりと肩を落とす補佐官をしたがえ、さてどうしたものかとアリシアは思案した。

初めは乗り気でなかったアリシアだが、この男が熱心に勧めるのだから、思い切って城の外に行くべきかもしれないと思い直したのだ。だが、今のやり取りを見る限り、あの女官長を頷かせるのは不可能だ。

「決めたわ、直談判するわよ」

「女官長以外に、ですか?」

再度あれを説得にいくべきか否か、ぶつぶつと独り言を続けていたクロヴィスが、虚をつかれたようにアリシアを見る。それを見上げて、少女は力強く頷いた。

「誰も、その決定を覆せない人。もちろん、この国の王様よ」

「城の外に行きたいの? シアが?」

「そうなのよ、お父様」

かくして、その日の夕食の席で、アリシアはジェームズ王に頼み込んでいた。牛肉のワイン煮込みに舌鼓を打っていた王は、突然の娘の頼み事にアーモンド色の瞳をぱちくりと瞬かせた。

「どうしたんだい？　いまは何か城下で祭りがある時期でもないよね」

首を傾げる王に、アリシアは膝の上でぎゅっと手を握った。当然、この席にクロヴィスは同席していないから、自分自身の言葉で父を納得させねばならない。ひと呼吸おいてから、アリシアは自分の気持ちを正直に話した。

「この国に住む人たちのことを、ちゃんと知りたいの」

まっすぐに王を見てアリシアが言うと、ジェームズ王の顔が、にこやかな父のものから国を統《す》べる王のものへと変わった。

「前に君に、自分の正しいと思うことを貫き、いろいろチャレンジしてごらんと話したね。城下に行くことは、その助けとなることかな？」

「はい」

決して目を逸らさずに、アリシアははっきりと頷いた。

「城の外に出て民の心に触れることは、今の私に最も必要なことだわ」

「いいよ。いってらっしゃい」

あっさり頷いた王に、拍子抜けしたのはアリシアだった。思わずテーブルの上に身を乗り出して、牛肉を食べようとする父に確認する。

「ほんとうに？　女官長には行くべきでないと言われたわよ？」

「アンリのことは、私に任せなさい。うまく言っておくよ。ふふふ、直接私に言うから何かと思えば、やっぱり彼女に反対されたあとだったたんだね」

愉快そうに笑ってから、ジェームズ王はグラスに入ったワインを掲げた。

「護衛をつけること。無茶をしないこと。このふたつを守ってくれれば、私から口を出すことはないよ。――たくさんの学びを、君が得られますように」

その言葉と共に、グラスの中で赤い液体が優雅に揺れたのだった。


そうこうして、アリシアはふたりの侍女に飾りつけられるに至ったのである。

（これはこれで、目立つのではないかしら）

姿見で前や後ろを確認しながら、アリシアはそんな感想を抱いていた。

お忍び視察ということで、服装のコンセプトは「城下に屋敷を持つ、貴族の娘風ファッション」だ。町にふらっと出てきた気軽さをイメージし、色合いやデザインを華美でないようにまとめつつ、王女の特徴である青い髪はしっかりと隠せるようにする。

……という、肝心なポイントはしっかり押さえているものの、いわゆる「ほにゃらら頭巾」の色違いみたいになっているのは、気のせいではないだろう。

「ねえ、アニ、マルサ。せっかくだけど、もう少し地味な服にするわけには……」

「却下です！　こんなに可愛いんですから、絶対これで完成ですぅ！」

「そうですよ！　ああ、もう。ほんと可愛い……。ねね、姫様。ちょっと試しに『ねぇさま』って呼んでくれません？」

「えぇぇ……」

マルサがアリシアを人形よろしく抱きすくめ、すりすりと頬ずり。隣で、アニもぽっと顔を赤らめて、うっとりと目を細める始末。

そんな侍女ふたりに囲まれて、アリシアはひとり遠い目をするしかない。

と、そのとき、見かねたクロヴィスがこめかみを軽く指で押さえて、溜息をついた。

「あなた方……。それぐらいにしたらどうですか。アリシア様が困っているでしょう」

「なによ。今日一日、あなたにアリシア様を取られるんだから、これくらいいいでしょう？」

「いいなぁ、クロヴィス様は。私も、姫様とお出かけしたいですー」

不満げに唇を尖らせつつも、姫様に嫌われては困るとばかりに、侍女たちは意外にも素直にアリシアを解放する。すると、クロヴィスが身をかがめて、マルサに抱きしめられたときに乱れてしまったフードなどを直してくれた。

ちなみにクロヴィスも、視察用にきちんと変装している。街に出ている間、アリシアとクロヴィスとは、「貴族の若旦那と、年の離れた妹」という設定だ。

その設定に従ってロングコートを着こなした彼は、きっちりしつつもラフさがあり、とっくに彼の美貌に慣れたはずのアリシアでさえ、ついつい見惚れてしまう。事実、膝を曲げ、至近距離から顔を覗き込むクロヴィスのせいで、アリシアはそわそわと落ち着かない心地がした。

「クロヴィスは、その……。おかしいと、思わない？」

「ん？　なんですか？」

にこりと笑みを浮かべて、補佐官が聞き返す。自分を見つめる瞳はいつもと同じ優しい色をしているというのに、そうしたなんてことない仕草にさえ目を奪われる。

なぜだか逃げ出したくなるのを堪《こら》え、ぎゅっとスカートの裾を摑んだアリシアは、上目遣いに恐る恐るクロヴィスを見た。

「おかしくない？　この服、似合っていると思う？」

「ええ。とてもお似合いだと思いますよ」

「本当の、本当に？」

「本当の、本当ですよ」

クロヴィスが短い笑いを漏らして、「今日のあなたは心配性ですね」と言った。それからフード越しに、アリシアの頭をぽんぽんと撫でた。

途端、アニとマルサが、ぶうぶうと文句を垂れた。

「いいな、いいなあ！　姫様をひとり占めなんて、いいなあ！」

「ずるいですよぉ。やっぱり、もう一回、姫様を抱っこさせてくださいぃぃ！」

「あなた方は少し落ち着いてください‼」

アリシアの頭上で、ぎゃあぎゃあと言い争う声がする。けれども、そのどれとして、彼らの中心にいるはずの王女の耳には届いていなかった。

なんだが、今日は調子が狂って困っちゃうな、と。

すっぽりと被ったフードの下、こっそりと指で頬を掻きながら、アリシアはそんなことを考えていたのであった。


町に出るにあたって、ふらりと徒歩で出るわけにもいかず、馬車に乗って裏門からこっそり外に出る算段になっている。それにならって、アリシアがクロヴィスと城の裏口へ出ると、手配された馬車の隣で従者風の男が恭《うやうや》しく頭《こうべ》を垂れた。

「クロード様、アリス嬢。本日は道中を預からせていただき、光栄です」

「慰労式典ぶりね、ロバート。今日はよろしくね」

アリシアがスカートの裾をつまんでちょこんとお辞儀すると、ちっちっちっと男は指を左右に振った。

「ダメですよ、姫さま。今日の俺は、クロード様の従者〝ロン〟なんだから」

そう言って華麗にウィンクを決めたのは、元視察団メンバーのひとり、ロバート・フォンベルトだ。

騎士団の代表として視察団に参加したロバートは、あの式典の後、オットー補佐官の推薦もあって近衛騎士団で副隊長に任じられていた。彼の若さでは、異例の人事である。

視察団期間中、互いの意見が重なる部分があり、ロバートとクロヴィスはたびたび行動を共にしていた。今回、護衛としてクロヴィスが近衛騎士団の中からロバートを指名したのも、そうした経緯があってのことだ。

もっともこのふたりの性格は、決して似ているわけではなかった。

「どうですか、姫さま。こやつは、よくやっていますかね。真面目が服着て歩いているような奴だから、一緒にいて肩がこりやしませんか？」

「お前は、また……。王女殿下の前だ、少しは控えろ」

「なーに言ってんの。今日の姫さまは、クロード様の妹、アリスちゃんだろ。だから今日は特別に無礼講、ですよね？」

「ええ、そのほうが私も楽しいもの」

くすくすと笑ったアリシアを見て、「どうだ」と言わんばかり得意げに、ロバートはクロヴィスに胸を張ってみせた。クロヴィスのほうはというと、そんな友の姿に口をへの字に曲げた。

「申し訳ございません、アリシア様。今から、もっとまともな男を護衛に据えてもらえないか、団長に掛け合ってまいります」

「待て待て待て。やめておけ、俺以上にふさわしい者がいるものか。剣聖の再来とうたわれる俺だぞ」

そうなのだ。言動の軽さから勘違いされやすいが、実はこの男、騎士団の中でも群を抜く強さを誇る男である。どれくらい強いかといえば、中隊ひとつ程度ならロバートひとりで潰せるのではないかと噂されるくらいだ。

クロヴィスのほうも、騎士の道を選べば必ず活躍できただろうと太鼓判を押されるほどには、剣の腕が立つらしい。お忍び視察ということで、護衛は必要最小限にとどめているが、これ以上にない頼もしい人選なのである。

そうこうして、アリシアとクロヴィスは馬車の中に乗り込み、御者席にはロバートが座って、ついに一行は町中に向けて城を出発した。


「アリシア様、気分がすぐれませんか？」

「あ、ううん。……少し、緊張しているだけ」

大丈夫、と言いかけて、アリシアは正直に打ち明けた。口に出してしまえば、ほんの少しだけ張り詰めていた心がラクになったように思えるから不思議だ。

すると、アリシアの向かいに腰かけるクロヴィスは、紫の瞳に真剣な光を宿して自身の胸に軽く手をあてた。

「ご安心ください。万が一のときには、アリシア様のことはこの私が必ずお守りします」

「ありがとう。お前を信じるわ」

アリシアがそう言うと、黒き補佐官は秀麗な顔に美しい微笑みを浮かべた。

奇妙なものだと思いながら、アリシアは目の前の男から窓の外に視線を移した。

言うまでもなく、前世でアリシアの命を奪ったのは、このクロヴィス・クロムウェルだ。だが、その彼が唯一アリシアの秘密を知る者であり、共に未来を変えるために動いてくれている。両方の時間軸を知る星の使いは、この数奇な巡り合わせを、さぞ愉快に眺めていることだろう。

（そういえばあの夢も、最近見なくなった）

ゆっくり後ろに流れていく町並みを眺めながら、アリシアはふとそのことに気づいた。いつが最後だったかと思い返せば、やはりというか、クロヴィスにすべてを打ち明けた日だ。

繋がれた手の感触を思い出すと、アリシアの胸は温かいもので満ちる。おそらくあの日、自分は本当の意味で彼を信じることができた。

（ううん。きっと、それだけじゃない）

前世について、未来について、あれこれ彼と話すようになってから実感する。ひとりで思い悩むのと、そばで誰かと分かち合うのとでは、同じ恐怖でも苦しさが段違いだ。

「なんだか、クロヴィスばかりずるいわ」

「はい？」

カラカラとまわる車輪にまぎれてアリシアは唇を尖らせたのだが、優秀な補佐官の耳は、しっかりと王女の不満の声を聞き分けたらしい。仕方なく、アリシアは前で首を傾げる補佐官を、恨めし気に睨んだのだった。

「お前はこんなに私を助けてくれるけど、私はお前に何もしてあげられない。それって、不公平よ」

「何を仰いますか。私の身をお救いくださったのは、アリシア様だというのに」

クロヴィスは目を丸くしてから笑みを浮かべたが、王女は不満である。たしかに、アリシアは彼を補佐官に指名したが、それによって助かっているのは自分のほうなのだ。

座席を通じて伝わる馬車の振動に負けじとバランスをとりながら、アリシアは向かいに座る補佐官に向けて、ぐいと体を乗り出した。

「ねぇ、何か困っていることはないの？　お願いでもいいわ。叶えてほしいことは？　あ、何もないという答えはだめよ」

「は？　ええと、そうですね……」

逃げ道をふさがれ、真面目なクロヴィスは真剣に悩み始める。ややあって、彼の薄い唇が、ぽつりと意外な言葉を漏らした。

「おそばに、いさせてください」

「え？」

全く予想をしていなかった返答に、アリシアはきょとんとして補佐官を見た。クロヴィスはというと、自分でも無意識のうちに口を滑らせたのか、途端に慌て出した。

「今のは、どうぞお忘れください！　全く、いったい、何を言うのやら……」

「ほんとうよ」

心底、不思議で仕方がなく、アリシアは大きく瞬きをした。

「そばにいたいだなんて、そんなの当たり前じゃない。補佐官なのに、主人と一緒にいなくてどうするの」

アリシアとしては、至極、まっとうなことを言ったつもりだった。だが、クロヴィスの反応は違った。秀麗な顔に似合わず、しばしぽかんと口を開けて固まった後、クロヴィスの白い頬はみるみるうちに朱に染まっていった。心なしか、深い紫の瞳には、うっすらと涙がにじんでいる気がする。

なんだろう、この反応は。

呆気にとられて見守るアリシアの視線から逃れようとするように、黒髪の青年は、窓の外に顔をそむけてしまった。

「……ずるいのは、あなたのほうです。私が、どんなに与えられたものに報いようとしても、いとも簡単に、より多くのものを与えてしまう。これでは、一生かかっても、あなたに恩義を返せないではありませんか」

「ごめんなさい、意味がさっぱりわからないのだけど」

「秘密です」

いっそふてくされていると言える彼の態度は、忠実な臣下たらんとする彼には珍しすぎる。

——俄然、興味が湧いてきた。

「私は、一番の秘密をあなたに打ち明けたのよ？　あなたも教えて？　それとも、私には言えないようなこと？」

「………………秘密です」

「ねぇねぇねぇねぇ。いいでしょ、クロヴィス」

「秘密ですったら。ああ、もうあなたは……！」

小さな体を生かし、クロヴィスの膝の上に半分乗るような形で、アリシアは逃れようとする補佐官の顔を無理やり覗き込んだ。

アリシアを引き剝がしにかかるクロヴィスも、城から離れているためか、いつもより遠慮がない。そのため、ふたりの攻防はまるで本物の仲睦まじい兄妹のそれに見える。もしここに侍女ふたりがいたならば、嫉妬で怒り狂ったことだろう。

と、そのとき、がちゃりと音がして馬車の扉が開いた。

「若旦那様、お嬢様。到着いたしました。……って、何してるんすか、あなた方」

「おやおや、着きましたか。行きましょう。すぐ行きましょう」

呆れ顔のロバートを押しのけて、やたらと張り切ってクロヴィスが馬車の外へと進み出る。と、扉の向こうから、がやがやと多くの人々が行き交う音が聞こえて、一瞬アリシアは怯《ひる》んだ。

それに気がついたクロヴィスが、光の中から手を差し出した。風が補佐官の黒髪を柔らかく動かし、美しい紫の瞳が優しく細められる。

「大丈夫ですよ。――おいで、アリス」

目の前の形のいい手と、その先で微笑む人物とを、アリシアは交互に見つめた。

悔しいが、その大きくて温かな手のおかげで、アリシアは前世の呪縛から一歩踏み出すことができた。今度もまた、自分を引く手を信じよう。

「はい。お兄さま」

アリシアの小さな手が、クロヴィスのものと重なる。そうして、王女は、ハイルランドに住まう人々の中へと足を踏み入れたのだった。


アリシアたちが馬車を降りたのは、時計やらガラス細工やらの小物を扱う職人が住まうエリアだった。すでに、人々は朝の仕事に取りかかっており、道を歩く人々の足はどことなく急いでいる。

なお、ロンことロバートのほうは、馬車を別の騎士に任せ、少し離れた場所から後ろをついてきていた。もともと、至近距離で護衛するのはクロヴィスで、ロバートは遠くから周囲を警戒すると役割分担を決めていたのだ。

「この時間は、人通りが多い。はぐれないよう、しっかり手を摑んでください」

繋いだ手の先で、〝お兄さまモード〟のクロヴィスが穏やかに微笑む。

城の中ではアリシアが先導し、クロヴィスが後に従うことが多いが、いまは完全に立場逆転だ。なんとなく気恥ずかしくなって、チャコールグレーのフードをすっぽりかぶった下で、アリシアは顔を赤らめた。

ちなみに、天候の変化が激しいこの国では、雨除けにアリシアのように頭に何かを被っている人の姿も珍しくない。事前に、アニにはそう教えてもらっていたが、たしかにフードや帽子を被った人の姿をちらほらと見かけた。

うまく町に溶け込めたことに胸をなでおろしつつ、アリシアは改めて、初めての城の外の光景に目を奪われた。

「なんだかこの町、遠くから見ていたときよりもずっときれい」

城の鋸壁《きょへき》から見下ろしていたときは、赤やオレンジの屋根が、お行儀よく並んでいるのしかわからなかった。それはそれで人形の家のようで可愛かったのだが、こうして近くで見たほうが、ずっと魅力的だった。

どれも同じに見えた建物は、よく見ると一つひとつが違っていた。それぞれ、大きなガラス窓の奥で、職人が背中を丸めて懸命に何かを作っていたり、訪れた客となにやら熱心に話し込んでいたりするのだ。

「彼らは、エグディエルに根づく技術を、代々守り抜いてきた職人たちですよ」

アリシアの手を引いたまま、クロヴィスは王都エグディエルについて、つらつらと話し始めた。

建国王エステルが築いたこの町は、もともとは南方から侵入する敵を想定して作られた軍事拠点だ。しかし、王国の歴史が長くなるにつれ、軍事要塞はよりエアルダールに近い南方へと移され、代わってエグディエルには、職人や文化人が集まるようになった。

特に職人たちは、王都にやってくる貿易商人たちに向けて自らの作品を売り込むために、相当早くからこの地に根づいた。

長い歴史に裏打ちされた技術により、エグディエルの職人が作る金具やガラス細工は、高い評価を得続けてきた。厳しい天候により作物が育ちにくいこの国で、貿易で儲けるための稼ぎ頭が、彼ら職人たちだ。

「といっても、最近は諸外国の技術もどんどん精度が上がり、競争相手が増えてしまった。このまま、勢いが衰えなければいいが……。と、いけません」

徐々に自分の思考に夢中になっていったクロヴィスは、ふと思い出したようにアリシアを見て、困ったように眉を寄せた。

「せっかく、あなたに町を楽しんでもらいたくて来たのに、すっかりいつもの癖が出てしまった。難しい話はこれくらいにして、これから市場へ行きますよ」

「ほんと⁉」

高台の上から見えた、立ち並ぶ路面店やらにぎわう人々の様子を思い出して、アリシアはきらきらと目を輝かせた。それに答えて、クロヴィスも微笑んだ。

「今から行く場所では、職人の弟子が作った商品なんかも売っています。この町に息づく人たちの活気を、とてもよく感じられる場所ですよ」

なるほど。だから、クロヴィスは直接アリシアを市場に連れていくのではなく、先にこの通りに立ち寄ったのだ。

もう一度、アリシアはそれぞれの窓から見える職人たちの姿を目に焼きつけてから、クロヴィスに手を引かれていくつかの角を曲がった。

と、不意に目の前に広場が現れ、アリシアは感嘆の声を漏らした。


広場に立ち並ぶ路面店と、そこに並ぶ野菜やフルーツ、雑貨が織り成す色鮮やかな光景に、アリシアは思わず感嘆の声を上げていた。

「わぁ！　これが市場なのね！」

広間には買い物に来た人たちや、お店を出している人で溢れていて、あちらこちらで熱心に話し込む姿が見える。中には、そんな人々の様子をカンバスに描いている画家の卵らしき若者や、楽器を鳴らして観客を集めている男もいる。

目を輝かせてきょろきょろ視線を巡らせるアリシアに、クロヴィスは紫の目を細めた。

「やっぱり。あなたは、ここが気に入ると思った」

「ええ。市場って、すごく楽しいところね」

声を弾ませたとき、視界の端で何かがきらりと輝くのが見えた。そちらに目を向けた途端、アリシアは思わずクロヴィスの手をほどいて、その場所へと駆け寄った。

「あら、可愛いお嬢さん。どこの子かい？」

目を輝かせて走ってきたアリシアに、ちょうど店先に商品を並べていた女性が目を丸くし、次いでにこにこと腰をかがめた。

アリシアが走っていったのは、ガラス細工ばかりを並べた出店だ。美しいカットで模様をつけられたグラスや、日の光を受けてきらきらと輝くブローチなどに、アリシアの目はすっかり釘づけであった。

「これ、全部売り物なの？」

「そうさ。うちの旦那の弟子たちが作ったの。商会に売るにはちょっと不格好だけど、市場の中では逸品だよ」

「こんにちは、マダム。妹が、突然に失礼いたしました」

置物やら飾りやらにアリシアが夢中になっていると、頭の上で低めの心地よい声が響き、肩にそっと手が置かれるのを感じた。はっとしてアリシアが見上げると、背中にぴたりと寄り添ってクロヴィスが立っていた。

上質なロングコートをはおり、高貴さをにじませて挨拶の言葉を口にしたクロヴィスに、おかみさんは目を真ん丸に開いて、慌てて頭を下げた。

「おやま！　貴族の方々でしたか！　これはこれは、失礼しました」

どうやら、あんまりアリシアが元気に走っていったものだから、初めは貴族の娘だと認識されていなかったらしい。アリシアのほうもびっくりしていた。にこにこと親し気に話しかけてくれていたおかみさんが、急にかしこまってしまったからだ。

そのことにためらいを覚えつつ、アリシアは上目遣いでおかみさんにお願いをした。

「あの、手に取って、近くで見てみてもいいですか？」

「けどねぇ……。とても、貴族の方の目にかなうようなものじゃないんです。お嬢さんみたいな子は、商会とかを通じて商品を探したほうがいいのではないかしら」

難色を極める交渉に、救いの手を差し伸べたのはクロヴィスだった。

「この子は初めて市場に来たのですが、実は、私は何度も足を運んでいるのです。ここの活気が好きで、今日は、妹にもそれをわかってもらいたくて」

「あらま。貴族の若旦那様が、市場にねぇ」

意外そうに、おかみさんはぽかんと口を開けた。そこでダメ押しとばかりに、クロヴィスはにこりと微笑んだ。それも、サービス精神満載に、きらきらと輝く笑みを。

「今日という日の記念を、妹に授けたい。マダムにお許しいただけるなら、この子へのプレゼントを選ばせていただいても？」

落ちたなと、アリシアは冷静に分析した。

現におかみさんはしばしぽぉーっとクロヴィスに見惚れたあと、一気に笑み崩れて手をひらひらと振った。

「やだわぁ。許すもなにも、いいに決まっているじゃないですか。お嬢ちゃん、とっても素敵なお兄さまで幸せだねぇ」

「あはは……」

目の前で、従者がご婦人を籠絡《ろうらく》する様を見て、アリシアは曖昧な笑みを浮かべた。ていうか、クロヴィスのあんな笑み、自分ですら向けてもらったことがない。なんとなく面白くなくて、アリシアは柔らかな頬をかすかに膨らませた。

「さ、アリス。好きなものを選びなさい。……アリス？」

「おやまぁ！　お嬢ちゃん、大好きなお兄さまがほかの人に笑いかけたりするから、嫉妬しちゃったんだね！」

「な、ちがいます！」

「そうなのか、アリス？」

「ちがうってば！」

アリシアが真っ赤になって否定しているというのに、おかみさんもクロヴィスも笑うだけだ。クロヴィスに至っては、フード越しにアリシアの頭を撫でたりしていて、そんな仕草もアリシアの調子を狂わせた。

（ぜったい絶対、お城に戻ったら何か仕返ししてやるんだから）

すっかり「お兄さまモード」になりきった従者に、気恥ずかしいからという理由で、物騒なことを王女は胸のうちに固く誓った。

そうとは知らず、クロヴィスのほうはガラス細工をいくつか手に取って、アリシアが見やすいように近づけた。

「ほら。あなたが見たかったのは、これなのでは？」

ブローチを目の前に差し出されたことで、直前までの物騒な考えは一気に吹き飛んだ。そっと手に取ると、それはアリシアの手の中できらりと光を放った。

そのブローチに使われているガラスは、アリシアの髪や瞳と同じ明るく澄んだ青だ。複雑にカットがほどこされていることで、まるで宝石のような輝きを放っていた。

「きれい……」

「――あなたの青、ですね」

ふわりと身をかがめて、クロヴィスが並んでアリシアの手を覗き込んだ。思いのほか、近くで響いた補佐官の声に、アリシアの心臓はどきんと高鳴った。

(どきん?)

感じたことのない胸の高鳴りに、アリシアは首を傾げた。

なんだろう。悪夢にうなされたあとや、白昼夢に恐怖したときの嫌な感じとは違う。なのに、どことなく気分が落ち着かなくて、ちょっぴり胸が痛い。

そんなふうに考え込んでいるうちに、クロヴィスのほうは支払いを済ませてしまったらしい。おかみさんがアリシアの手の中のブローチを摘《つま》み上げ、ポンチョの胸元につけてくれた。

「ほら! すごく似合っているよ! うちの弟子も、お嬢ちゃんみたいな子に作品をつけてもらって、幸せだねぇ」

満足そうに頷くおかみさんからクロヴィスに視線を移すと、優しく細められた紫の瞳と目が合った。

――今度は、きゅっと胸が痛んだ。

(なによ。なんなのよ!!)

「クロ?」

きゅっだか、どきんだか、さっきから妙な主張をする己の胸をアリシアが叱りつけたとき、近くで少年の声が響いた。

「お前、クロか！　クロじゃねーか！　久しぶりだな！」

少年は目を輝かせると、もう一度クロヴィスのことを「クロ」と呼んで、補佐官のもとへと駆け寄った。

年は、アリシアよりひとつかふたつ上ぐらいか。ところどころ汚れたシャツとズボンをはいて、ちょっぴり大きめの帽子を被っているため、貴族の子供というわけではなさそうだ。にもかかわらず、クロヴィスのほうも少年のことを知っているらしい。

「エドか！　随分と大きくなったな。だけど、なぜ君がここに？」

「なんでも何も、ここは俺んちが出している出店だよ」

「ああ。どうりで商品の作風が、君の父のものに似ていると思った」

「あのー……？」

置いてきぼりを食らったアリシアが控えめに声を上げると、ふたりの顔が同時にアリシアを見た。すると、そのとき初めてアリシアの存在に気がついたらしい少年が、目を丸くしてクロヴィスとアリシアとを交互に見つめた。

「なぁ、クロ。この子、誰だ？」

「……妹だ」

「妹!?」

さすがに知り合いに嘘をつくことは気がひけたのか、微妙な顔でクロヴィスが答える。だが、なぜかエドと呼ばれた少年は、ぎょっとしたように目をむいた。

続いて、少年がぐりんと勢いよく顔を向けてきたので、アリシアはびくりと体を硬直させた。何が何だかわからないうちに、少年はアリシアの目の前に立ち、ごしごしとズボンでぬぐってから手を突き出してきた。

「俺はエドモンド。ガラス細工職人の息子だ」

「アリスよ」

状況がつかめないアリシアは、短く答えながらエドモンドの手を取った。一体なんだというのだろう。

だが、王女の戸惑いをよそに、エドモンドはじーっと穴があくほどアリシアを見つめたのち、にかっと大きく笑った。

「なんだよ。水臭いな、クロ！　一緒に出かけてくれるような妹がいるんなら、もっと早く連れてこいよ！」

「あ、ああ」

エドモンドはにやにや笑いながら肘でクロヴィスをつついているし、補佐官のほうはというと、困ったように頬を指で掻いている。

いよいよもって、ふたりの関係がわからない。

と、主人の愛らしい眉が八の字になってしまっていることに、クロヴィスが気づいた。アリシアと、同様に置いてきぼりをくらっているおかみさんとに、慌てて説明してくれる。

「学生の頃、よくひとりでこのあたりを歩いていたのですが、彼とはその時に知り合いになったのです。まさか、こちらの店のご子息だったとは……」

「母さんに言ったことあるだろ？　貴族のぼんぼんのくせに、庶民みたいにふらふら散歩している変わり者がいるって」

「ああ！　それが、この人だったのかい！」

つまり、クロヴィスが王立学院に通っていた頃から、ふたりは知り合いらしい。その後、クロヴィスはエアルダールへの視察団に参加したから、実に2年ぶりの再会ということだ。

おかみさんから、クロヴィスが妹に市場を見せるために来たこと、店のアクセサリーを買ったことを聞くと、エドモンドは自身の胸をどんと叩いた。

「オーケー。もう市場は十分だろ？　せっかくだから、このあたりを俺が案内してやるよ。どうせ、貴族のぼんぼんはお高い気取った店に行くばっかりで、うまい店もナイスな穴場も知らねーからな」

「君ほどではないかもしれないが、俺もそこそこ詳しいと思うがな」

「まだまだ甘いんだよ。いいから、町のことは素直に町人に聞きな！」

ぐっと親指を立てて、さっさと歩き始めたエドモンドに、アリシアはどうしたものかと補佐官を見上げる。すると、クロヴィスは苦笑しつつも、彼についていこうと目で答えた。


事実、エドモンドはエグディエルの町に深く通じていた。

ガラス細工の工房で、繊細な職人技を間近に見せてもらったり。

町人いち押しの大衆食堂に連れていってもらったり。

エラム川のほとりで楽器を練習していた演者と、一緒に歌って踊ったり。

「相変わらず、エドの顔の広さには驚かされるな」

「な、俺がついてきてよかったろ？」

クロヴィスでさえ感心した様子を見せて、エドモンドは得意げに鼻の下をこする。そんな彼に、アリシアも声を弾ませて礼を言った。

「すごいわ、エドモンド！　この町のみんなと友達みたいね！」

「お、おお。まあ、親父に連れられて、あっちこっち顔を出しているからな」

女の子に手放しで褒められて、照れ臭かったのかもしれない。ほんの少し顔を赤くしてそっぽを向きつつ、エドモンドは満更でもなさそうに言った。

なお、アリシアたちが今いるのは、町のはずれにある小さな教会だ。ここでは身寄りのない子供たちを預かっており、彼らが大人になったときの職の斡旋《あっせん》先に職人工房がよく選ばれるため、エドモンドの家も深いつながりがあるという。

「さすがに、疲れたのではないか?」

ベンチの隣に腰かけるクロヴィスが、心配そうに眉を下げてアリシアを覗き込んだ。従者がそう言うのは、ついさっきまで目の前に広がる芝生で、教会の子供たちと全力の鬼ごっこを繰り広げていたからだ。

日頃、城内を舞台に侍女たちを相手に逃げまわっているかいあって、アリシアの活躍はすさまじかった。

それはもう、初めの頃は「かわいい! おひめさまみたい!」ときゃあきゃあアリシアに群がっていた子供たちが、しまいには走る小さな体を見ただけで、悲鳴を上げて逃げ出すほどであった。

「大丈夫。むしろ、こんなに大人数で遊んだことなかったから、すっごく楽しかったわ」

きらきらと空色の瞳を輝かせて答えれば、黒き補佐官はほっとしたように表情を緩める。エドモンドのほうは逆に、呆れたように口をへの字にした。

「俺、お前のせいで貴族のイメージ崩れたぞ……。なんで、お嬢様が俺よりも体力おばけなんだよ……」

「その辺は、日頃の鍛錬のたまものよ」

フーリエ女官長がさっきまでの鬼ごっこを見たら、それこそ目をまわして卒倒してしまうのだろうな。そんなことを考えていたら、ベンチに並んで座る3人の前に、教会の子供たちがやってきた。

アリシアたちの前にやってきたのは、鬼ごっこには参加していなかった子たちだ。その中で代表して、黒い子猫を抱いた少女が進み出て、クロヴィスを見上げた。

「クロさん、さっきのお話の続き、聞きたい」

「私の話ですか？」

子供たちのご指名を受けて、クロヴィスがびっくりしたように切れ長の目を開いた。ちなみに、エドモンドが彼のことを〝クロ〟と呼ぶのが、子供たちにもうつっていた。

先ほど、アリシアとエドモンドが芝生を駆けまわっている間、クロヴィスは鬼ごっこに参加しなかった子供たちを相手に、知っている物語や隣国で見聞きした珍しい物事を聞かせてやっていたらしい。

とはいえ、まさか子供たちが自分に懐くとは思っていなかったのだろう。戸惑うクロヴィスの背を、アリシアは軽く小突いた。

「いってらっしゃいな、お兄さま。ほら、みんな待っているわ」

「……そうですね。それでは、少し失礼を」

そう言って立ち上がったクロヴィスは、子供たちに手を引かれて、輪になって座る集団の中へと連れていかれた。よく見ると、鬼ごっこに参加していたメンバーも加わっているようだ。

この国には珍しい、ぽかぽかと暖かな日差しの下で、嬉しそうに子供たちがクロヴィスを囲む。その真ん中で、子供たちに微笑みかける彼の横顔はとても優しく、ほんの少しだけアリシアの胸は寂しさに痛んだ。

寂しい？

再び、アリシアは浮かんだ感情に戸惑いを覚えた。自分の補佐官が、町の子供たちと打ち解けているのだ。喜ばしく思うならわかるが、寂しいとはどういうことだ。

「アリス。な、アリスってば」

胸元を押さえて考え込んでいたアリシアは、隣から呼ばれる偽名のほうに、はっと我に返った。どうやら、エドモンドに何度か呼びかけられていたらしい。

「ごめん、エド。どうかした？」

「しっ！　クロに聞こえちまうだろ」

人さし指を立てるエドモンドに、アリシアはぱちくりと瞬きをした。だが、ちらちらとクロヴィスの様子を窺う彼の表情は、真剣そのものだ。頷いてから、補佐官には気づかれないように、アリシアはエドモンドに耳を近づけた。

「これで大丈夫？」

「ああ。こっから先は、クロに言うなよ」

さらに念を押してから、エドモンドは声を潜めた。


「お前、クロのこと、好きか？」


「は、はぁ！？！？！？」

「おま！　ばか!!」

突然の爆弾発言に思わず叫び声を上げたアリシアの口を、慌ててエドモンドがふさぐ。

どうやら、クロヴィスの耳にもアリシアの奇声が聞こえたらしい。その美しい顔がふたりのほうに向きかけたが、彼を囲む子供たちに話の続きをうながされ、ちらりとこちらを見ただけでベンチに戻ってくることはなかった。

アリシアとエドモンドは同時にほっと肩の力を抜き、それから顔を寄せ合って、ひそひそと小言を交わした。

「ばかか、お前！　クロにばれたらどーすんだよ」

「だって、エドが急に変なこと言うから！」

「知るかよ！　で、兄貴のことどう思ってんだよ？」

（あにき？）

アリシアはそこで初めて、自分の思い違いを知った。エドモンドが聞いているのは、〝兄として〟クロヴィスをどう思っているかだ。

(ああ、びっくりした……)

どっと疲れて溜息をつくアリシアに、エドモンドが変な顔をする。とはいえ、仮にエドモンドの言葉の意味がアリシアの勘違いしたとおりの内容だったとしても、彼女がそこまで動揺を見せる必要はないのだが、幼い王女はそこには考えが及ばなかった。

さて、どう答えたものか。こうして一緒に出かけているのだから、妹アリスという架空の人物は兄と仲がよいに違いない。そう考えをまとめているとき、ふと、アリシアの目にクロヴィスの背中が映った。

「好きよ。決まっているじゃない」

教会の子供たちに囲まれる補佐官を見つめたまま、アリシアは小さく笑った。

前世からの奇妙な縁で繋がった相手だが、自分では全く予想ができなかったほどに、その存在はアリシアの中で大きくなっている。

今日だって、あんなに城下に住む民を恐れていたのに、こんなにもすばらしい人たちと知り合うことができた。全部、クロヴィスがアリシアの手を引いてくれたからできたことだ。

「クロ……お兄さまは、私が自分のことを救ってくれたと言うけど、救われているのは私のほう。だから何か感謝を伝えたいのに、何もいらないと言う。困ったものだわ」

何か願うことはないかと問えば、そばにいたいだなんて、ピントのずれた答えしか返ってこない。彼にそばにいてほしいと願うのは、アリシアとて同じだというのに。

悩むアリシアをよそに、なぜかエドモンドは今までいちばん嬉しそうに顔をほころばせた。

「そっか。そうか……。よかった」

何度も頷いてから、エドモンドはうんと体を伸ばして、ベンチの遠くへと足を投げ出した。頭の後ろで手を組んで空を見上げながら、エドモンドがぽつぽつと語り始めたのは、アリシアが出会う前――まだクロヴィスが王立学院に通う学生だった頃の話だった。

「あいつさ、よくひとりで町を歩いていたんだ」

エドモンドが初めて彼を見かけたときも、やはりクロヴィスはひとりで市場を歩いていた。異国の商人ですら珍しい漆黒の髪に紫の瞳、おまけにあの美しい風貌とあって、クロヴィスの姿は相当町中で浮いて見えたという。

話しかけたのは、エドモンドの気まぐれだった。店番をしていて暇だったし、クロヴィスのほうも特に急いでいる様子でもなかったので、時間をつぶしがてら物好きな貴族の坊ちゃんの相手をするのも悪くないと思ったのだ。

「何しているんだって聞いたら、授業が休みで散歩しているんだって。変な奴だと思ったよ。高級店がある方面をぶらつくならわかるけど、貴族が市場なんざ歩いて何が楽しいんだって」

そう聞いたら、クロヴィスは困ったように笑ったという。

市場は気楽なのだと。ここなら誰も自分を知らず、自分も誰も知らないから。

「そんときのクロがさ、あんまりあっさり寂しいこと言うもんだから、気になっちまったんだ。だからかなぁ。あいつに、俺が知っているこの町を教えてやることにしたんだ」

勝手に、補佐官の過去を聞いてしまっていいのだろうか。そう戸惑いつつも、アリシアはエドモンドの話をさえぎることはできなかった。

瞼の裏に蘇《よみがえ》るのは、慰労式典でリディ・サザーランドに理不尽な言葉をぶつけられて、苦痛に表情をゆがめていた姿だ。

なぜ、クロヴィスが人目を避けて市場に来ていたのか、アリシアにはわかる。クロヴィスの黒髪と紫の瞳は、大罪人にして彼の祖父であるザック・グラハムの特徴であったのだ。

アリシアは幼さ故にそれを知らなかったが、王立学院に通う貴族の子息たちは、ひと目見てクロヴィスがグラハムの血筋の者であると見抜いたことだろう。そして、彼の抜きん出た優秀さを妬み、リディのように攻撃の材料としたのだ。

そうした煩わしい日常から逃れるため、彼は貴族の目がある場所を避けた。そして市場という、通常は貴族が顔を出さない場所に安息を見出したときに、彼はエドモンドに出会った。

「お兄さまは、あなたと一緒にいて、楽しそうにしていた？」

「ああ。ちょっとしたことに、いちいち感心していたな。しまいには、屋台で買ってその辺で食うのすら物珍しいって顔するからさ、貴族の坊ちゃんってのは本当に世界を知らないもんだと俺も驚いたよ」

それを聞いて、アリシアはくすりと笑ってしまった。きっと真面目な彼のことだ。エドモンドが教えてくれる町に関するあれこれを、ものすごく熱心に覚えていったのだろう。

特に待ち合わせなどをしたわけでなかったが、いつどこにクロヴィスが現れるかエドモンドにもだんだんわかるようになってきた。そして道で出会うたびに、無理やりにでも彼を連れまわして町のあちこちに顔を出すのが習慣となっていた。

ここまで生き生きと話してきたエドモンドが、不意に表情を曇らせた。

「けど、ある日さ。学院の同級生っていうのに、あいつが絡まれているのを見ちまったんだ」

ひとりで町を歩くクロヴィスを見つけて、声をかけようとした矢先だった。不穏な笑みを浮かべて貴族の学生が近づいてくるのを見て、エドモンドはとっさに物陰に飛び込んだという。

その後の展開は、アリシアが想像したとおりだった。グラハムの血筋であることを持ち出し、散々な侮蔑の言葉を投げつけ、彼らはクロヴィスをせせら笑ったのだ。

「俺、難しいことは知らないから、奴らが言っていることの半分もわからなかった。けど、すっごく腹が立ったんだ。だって、罪人の血がどうとか……。あ、ごめん」

鼻息荒くまくし立てたエドモンドが、アリシアを見て気まずそうに眉を下げる。アリシアをクロヴィスの妹だと信じている彼は、〝罪人の血〟という言葉にアリシアが傷つくのではないかと思ったようだ。

「ううん。それより、エドモンドはそれを聞いても、お兄さまを嫌いにはならなかったの？」

「ならねえよ!!」

憤慨した様子で、思いのほか強く少年は断言した。

「あいつの事情は知らねぇけど、俺とクロは友達だぞ！　そんなに簡単に、大事な友達を嫌いになるわけないだろ！」

アリシアは、ほっとして肩の力を抜いた。孤独な貴族の秀才と、友人の多い職人の息子。随分とちぐはぐな組み合わせではあるが、クロヴィスはなんといい友を持ったのだろう。

「なのにさ、あいつ何も言い返さないんだ。どんな暴言吐かれたって、じっと黙っているだけで、俺はそれも腹が立ったんだ」

いままさに目の前で起こっている出来事のように、エドモンドは顔をしかめた。

むかついて、腹が立って、何度もエドモンドは物陰を飛び出していって、むかつく〝学友たち〟を殴ろうと考えた。だが、それを止めたのはクロヴィスだった。エドモンドがいきり立つたびに、彼が隠れている物陰を牽制して、外に出ないようにとどめさせたのだ。

だから、せめて学友たちがいなくなってから、エドモンドはクロヴィスに噛みついた。

〝どうして、何も言い返さないんだ!?　悔しくないのかよ!?〟

途中で口出しできなかった鬱憤を晴らすように、エドモンドがクロヴィスに詰め寄ったとき。

黒髪の青年は、ただ静かに肩を竦《すく》めた。

〝俺は、憎まれても当然の存在だ。言い返すようなことじゃない〟

　その、あまりにあっさりとした物言いに、エドモンドは一瞬ひるんだ。事実、クロヴィスの顔には、悲壮も無念も浮かんでいなかった。まるで、本気で自分は憎まれても仕方がないと信じているみたいだった。

〝なんだよ、それ。俺は許せねぇぞ‼　そ、それに……、お前がそんなふうに言われっぱなしだったら、お前のこと大切に思う奴が悲しむだろ。母ちゃんとか、泣くだろ？〟

〝その心配はないよ、エド〟

　端正な顔に苦笑を浮かべて、淡々とクロヴィスは否定の言葉を紡いだ。

〝父も母も、俺のために涙など流さないさ。だから君も、そんなふうに心を痛めないでいいんだよ〟

「本当に、何でもないことみたいに言うんだ。それで、俺、クロは家族とうまくいってないんだと思ってた」

　そばにいさせてほしい。あれは、そういう意味だったのか。

　祖父の特徴を引き継いで生まれたクロヴィスを、疎《うと》んじたのは他人だけでなかったのだ。いや、むしろ血縁であればこそ、ザック・グラハムを想起させる彼のことを邪魔に思ったのかもしれない。

「だから、あいつがアリスを連れてきたのが、すっげえ嬉しかったんだ。ちゃんと、クロにも味方してくれるやつがいるんだって、ひとりじゃないんだって」

有能な補佐官が、どうも〝グラハムの血〟に関してだけは偏狭であるわけがようやくわかった。グラハムの呪縛の根っこは、アリシアが思っているよりもずっと深く、クロヴィスの中に巣くっている。

要は、本人ですら気づかない根底のところで、クロヴィスはアリシアのことも信頼しきれていないのだろう。だから、そばにいたいだなんて、アリシアにとっては当然でピントのずれた答えが出てくるのだ。

（……なんで、なんでそんなにお前はバカなのよ）

その優秀すぎる頭脳に舌を巻いたことは数知れないが、バカだアホだと罵りたくなったのは初めてだ。

無性に腹が立って、アリシアはベンチの上に仁王立ちした。隣でエドモンドが目を真ん丸にしているが、構うものか。陽だまりの中に座る背中を睨みつけてから、足の裏で木製のベンチを思い切り蹴り、アリシアはわからずやの補佐官に突進した。

そして、勢いそのままにクロヴィスの背中に飛びついた。

「ぐはっ!?」

「アリスが！　アリスが錯乱したー！」

「アリスがクロのことつぶしたー！」

背中に強烈な一撃をくらったクロヴィスの口から、その類稀なる美貌の顔には決して似合わない潰れた声が漏れる。和やかな雰囲気の中でお話とやらに聴き入っていた子供たちも、突然の乱入者にぎょっとして騒ぎ出した。

「アリシ、アリス!?　一体どうしたのですか?」

動揺しつつも、とっさに偽名のほうで言い直したあたり、クロヴィスはさすがと言うべきだろう。

だが、アリシアはそれには答えず、代わりに彼の首にしがみつく両腕の力をさらにぎゅっと強めた。

「あー!　アリスがクロをしめ殺すー!」

「クロが死んじゃうー!」

10歳の子供の力で大の男が絶命するわけもなく、クロヴィスもそれを指摘したいのは山々だったが、まともに声を発せない状況であった。

自分はいつの間に、背後から絞め殺してしまいたいほどの怒りを王女から買ってしまったのだろうか。半ば本気でクロヴィスが己の行いを振り返り始めた頃、アリシアがぽつりとつぶやいた。

「昔、私が泣いていると、お母様が抱きしめてくれたわ」

「――――アリシア様?」

主人のただならぬ様子に、軽くせき込みながら、ほかの子供たちには聞こえないようクロヴィスが囁く。

答えないアリシアにじれたのか、身じろぎをしてクロヴィスがこちらを振り向こうとする気配があった。だが、表情を見られるのが気恥ずかしくて、アリシアは補佐官の首の付け根に顔をうずめた。

「どうされたのですか？　いったい何が……」

「寂しいときは、寂しいって言うこと」

抱きついたまま、せめて声だけは毅然とアリシアは命じた。周囲には聞こえない微《かす》かな声を聞き漏らすまいとするように、クロヴィスがぴたりと動きを止めた。

「つらいときは、つらいって言うこと。悲しいときは、悲しいって言うこと。ずっと私のそばに仕えていたいのなら、これらをちゃんと守りなさい。約束よ」

アリシアからは表情を窺うことはできなかったが、補佐官が小さく笑みをこぼした気配があった。前にまわしたアリシアの小さな手に温かな指がそっと触れ、心地よい低く澄んだ声が穏やかに答えた。

「とても、難しいご命令です。あなたと出会ってからというもの、私の毎日は幸せそのものなのですから」

ほんとうに？

それを聞きただす前に、きゃっきゃっと子供たちがはやし立てた。

「わかった!! アリス、クロが僕らとばかり話しているから、寂しくなったんだ!」

「やいやい、アリスの甘えん坊!」

「誰が甘えん坊よ!!」

思わず顔を上げて猛抗議すると、こちらを指さして子供たちがケタケタと笑い声を上げた。いつの間にか、隣でエドモンドも笑っている。

何か言い返してやろうとアリシアが息まいたとき、小さく吹き出す声がした。見ると、クロヴィスまでもが子供たちにつられて笑っていた。初めて目にする、青年の心から楽しそうな笑い顔に、アリシアは何やらどうでもよくなってしまった。

(ま、いっか)

アリシアが彼を頼りにしていること。友人として、彼を心配するものがいること。

今は信じられなくても、クロヴィスを必要とするものがいることを、いつの日か彼が信じられるようになればそれでいい。

(とんでもなく有能なくせに、変なところで手がかかるんだから)

いつまでもはやし立てる子供たちを追いかけまわしながら、アリシアはそんなことを考えて苦笑した。

「アリス！　クロさーん!!　まったねー!!」

子供たちの元気溢れる声とたくさんの振る手に見送られて、アリシアたちは教会を後にした。

子供たちの真ん中では、教会を管理する聖職者がぺこりとお辞儀をしていた。

アリシア一行はそれに手を振って応えながら、道の端に寄せて止めてある馬車へと近づいていった。扉を開けて恭《うやうや》しく頭を下げながら、ロバートがウィンクをした。

「おかえりなさいませ、若旦那様、お嬢様」

しっかり馬車を用意して待っていたことに、アリシアは少なからず驚いた。あっちこっちと歩きまわったため後をつけるのは大変だったろうが、ロバートはアリシアたちを見失うことなく遠くから護衛し続けていたらしい。

いよいよ馬車に乗り込もうとするところで、エドモンドが両手を頭の後ろにまわしてにかっと笑った。

「じゃあな、クロ、アリス。また町に来るときは、俺に会いにこいよ」

「本当にここでいいの？　馬車で市場まで送るわよ」

「こんな豪華な馬車になんざ乗れるかよ。尻がかゆくなっちまう。それに、俺はもう少し残って、一緒に子猫を探していくよ」

そう言って、エドモンドは肩を竦《すく》めた。

子猫というのは、教会で子供たちが世話をしている黒猫のことだ。少し前から、子猫の姿が見えなくなってしまい、アリシアも手伝って一緒に探していた。だが、結局は見つからずに終わってしまったのである。

「私も、最後まで一緒に探せればよかったのだけれど」

「門限があるんだろ？　気にするなよ。親父さんに怒られちまったら大変だしな。親父さん、怒ると怖い？」

「お父様は、そんなに怖くないわ。けど、もっと怖い人がほかにいるの」

フーリエ女官長のことを思い出して、アリシアは難しい顔をした。

時刻はすでに夕刻に差しかかろうかという頃合いで、通りには勤めを終えて帰路につく貴族の馬車や、夕食のための買い出しに急ぐ町人の姿が見える。

そろそろ城に戻らなければ、帰りを待つフーリエ女官長の雷が落ちてしまう。

今日一日、数々の出会いをプレゼントしてくれた友人に、アリシアは深い感謝を込めて礼を言った。

「エドモンドと出会えてよかったわ。あなたがいなかったら、町の人たちとこんなに知り合うことなんてできなかった。本当に、ありがとう」

そうだわと、アリシアは愛らしい顔にぱっと華を咲かせた。

「お礼がしたいの。何か、必要なものはない？　後日、従者に届けさせるわ」

「それそれ。貴族様の、悪い癖だよな」

ぴしりとアリシアの顔に指を突きつけて、エドモンドが半目で王女を睨んだ。

「俺はクロと友達。で、今日一日でお前とも友達になった。だから、町を案内してやったの。礼だの褒美だのが欲しいわけじゃねーよ」

「あ……」

これ以上ない的確な指摘に、アリシアは言葉をなくした。そして、無意識のうちに己がエドモンドと自分とを、王族と臣民という立場で区切っていたことを恥じた。

エドモンドのほうは、本気で気分を害したわけではなかったらしい。すぐにあっけらかんとした笑顔に戻ると、アリシアの胸元のブローチをくいとあごで示した。

「ま、そういうふうに思ってくれるなら、またそのブローチつけて遊びにきてよ。お袋も親父も喜ぶからさ。ついでに新しく何かを買ってくれたら、それで上出来だ」

「うん。わかった。約束するわ」

神妙に頷いてから、アリシアは少年に見送られて、馬車へと乗り込んだ。エドモンドに窓から手を振り返してから、ふかふかの背もたれにアリシアは寄りかかった。

しゅんと項垂《うなだ》れるアリシアに、向かいに座るクロヴィスが目を細める。

「エドの言葉がこたえましたか？」

「そうね」

素直に頷いて答えると、黒き補佐官は窓の外に視線を移した。

「エドが言うことは正しく、同時に間違っております。あなたは、この国の王女。友人としては彼と対等になれても、立場でみればあなたとエドは対等になり得ません」

「だとしたら、私はつまらない肩書を持ったものだわ」

クロヴィスが言うことは正しい。チェスター家の血を引き、現王の唯一の子であるアリシアは、この国の誰とも立場が対等にはなり得ない。仮にいるとすれば、未来にアリシアの夫となるものくらいであろう。

肩を落とす主人を、クロヴィスは逆の考えで評価していた。

アリシアという王女は、高い身分にありながらどんな相手とも対等に接し、意見を汲もうとする稀有《けう》な方だ。だが、それは彼女に王女の自覚がないという意味ではない。

むしろ、今回のエドモンドへの申し出も、上に立つものとして何か報いてやりたいという責任感ゆえに出たものだ。それは美徳になりこそすれ、恥じるような心構えでは決してない。

「つまらない肩書、本当にそうでしょうか」

身を乗り出して、クロヴィスは幼き主人に語りかけた。

「アリシア様のお立場があればこそ、彼らのためにしてやれることがございます」

「それは、何？」

しょんぼりと気落ちしつつも、王女は素直に空色の瞳を補佐官へ向けた。それに微笑み返してから、クロヴィスは形のよい唇を開いた。

「あなたが、まさに取り組んでいること。この国の未来を、救うということです」

外で馬がいななく声がして、馬車がかたりと揺れた。どうやら、ロバートが城に向けて馬車を出発させたらしい。

だがアリシアは外を確認することはせず、怪訝《けげん》な顔をして、微笑む補佐官を見上げた。

「どういうこと？　革命の後で、王国が滅んだから？」

「当たらずとも遠からず。もっと、直接的に彼らに繋がる事柄がありますよ」

そう言ってから、まるで内緒話でもするかのように、クロヴィスは人さし指を立てて唇にあてた。

「今日出会った者たちが、革命の夜にどう過ごしていたと考えますか？」

〝殺せ。エアルダールの犬を殺せ〟

〝ハイルランドの誇りを穢《けが》すものを殺せ〟

くらりと眩暈《めまい》がおそい、アリシアは目頭を押さえた。

「アリシア様、大丈夫でございますか？」

「気にしないで。星霜《せいそう》の間に比べたら、断然ましよ」

手を伸ばそうとする補佐官に笑みを返して、アリシアは姿勢を正して深い息をついた。何度か呼吸を繰り返していると、耳にこびりついた呪いの唱和が次第に遠ざかり、代わって町ゆく人々のざわめきが戻ってきた。

気分が落ち着くのを待ってから、アリシアはゆっくりと瞼を開いた。

「……たぶん、革命に参加していたと思うわ。町の人全部が、立ち上がったみたいだから」

アリシアはどこかで、あの夜に呪詛《じゅそ》の言葉を叫びながら乗り込んできた市民たちを、気味の悪い化け物のように思っている節があった。

だが、それは大きな間違いだった。

今日出会った人々は、気味の悪い化け物でも、気性の荒いならず者でもなかった。アリシアが尋ねれば笑顔で答え、愛する家族がいて、日々を堅実に生きるハイルランドの民だった。

「それが正しいでしょう。エグディエルの町で革命が起きた場合、多くを占める職人たちの参加がなかったとは考えづらいですから」

「あんなに優しい人たちが、あの恐ろしい革命に参加していたなんて……」

「生活が脅かされれば、市民は立ち上がります。前世で即位したフリッツ王は、この国に圧政を敷いたのではありませんか？」

アリシアは、驚きに空色の瞳を見開いた。革命者として対峙したクロヴィスは、まさにそのことについてアリシアを糾弾したのだ。

主人の表情を肯定とみて、クロヴィスは息をついた。

「簡単な予測です。戦勝国の皇子が敗戦国の王に即位したとあれば、多少の反発は免れない。しかし、それが革命ともなれば、よほど理由があるものです」

革命でハイルランドが滅亡するより先に、民の暮らしは崩壊していたのだと。冷静そのものに未来を分析してみせる補佐官に、アリシアはじっとうつむいた。

「ひどいのは、フリッツ王だけではないわ」

前世での己を思い出して、アリシアは唇を噛んだ。

蘇《よみがえ》った記憶の中で、アリシアはフリッツ王に心底惚れ込んでいた。臣下に呆れられ、寵姫《ちょうき》との逃避行を見せつけられてもなお、フリッツを庇っていたのだ。彼が民にした仕打ちに対し、抗議したり止めようとしたりしたとは考えづらい。

温かくアリシアを迎え入れ、言葉を交わしてくれた人たちの顔が、次々に浮かんでは消えた。市場で、職人工房で、教会で。ハイルランドという王国に根づき、愛する者たちと懸命に生きる人々。

その生活を壊したのは、自分だ。

「〝愛におぼれ、心の目を曇らせ、民から背を向けた結果がこれだ。あの世で己が罪を悔やむがいい〟」

アリシアが呟くと、クロヴィスが怪訝そうに眉を寄せた。それに、アリシアは苦笑した。前世でクロヴィスが口にしたものだが、忠実なる補佐官がそれを知る方法はないのだ。

「命を奪われたとき、言われたのよ。――前に私のことを、上に立つにふさわしい人間と褒めてくれたわね。けど、本当はその逆。民を想うより、自分の恋心を優先させた」

「しかし、今回はそうならない」

アリシアを勇気づけようとしたというより、もはやそれは断定だった。それほどに、クロヴィスの紫の瞳は、まっすぐにアリシアを見つめていた。

「少なくとも、私が知るアリシア様の目は、限りなく澄んでおられます。そんなあなたなら、この国の未来を背負うということが、どういうことかおわかりのはず」

なるほどねと心の中でつぶやいてから、王女は聡明な瞳を補佐官に向けた。

「国を守るということは、民を守るということ。あなたは、私にそう言いたいのね」

答える代わりに、美しい補佐官は唇を緩やかに吊り上げた。

少しだけ疲れを感じて、アリシアは再びふかふかの背もたれに体を沈め、馬車の揺れに身をゆだねた。それでも、小さな心臓はどきどきと胸を叩き、口にしたときの緊張の余韻を感じさせた。

民の命を守り、生活を保障する。

確かにそれは、アリシアの生まれ持った立場であればこそできる報い方であり、同時に、未来を変えるという契約にも直結する。

改めて、星の使いは意地悪だと思った。王国の未来を託す。そう、彼に告げられたときから薄々とわかっていたことではあるが、10歳の少女が背負うにはなんと重い責任だろう。

ただ、国の滅亡を防ぐだけではだめだ。

王国に住まう人々が、平穏に暮らせる未来を勝ち取る必要があるのだ。

(けれど、まるでそれって……)

アリシアは考え込んだ。

一国の命運を背負う存在。臣民を守る絶対的守護者。

それらが示すに最もふさわしい名を、アリシアは口にせずにはいられなかった。

「クロヴィス、お前は私に、王になれとでもいうの?」

王女が発したその質問に、補佐官が答えることはなかった。ふいに外で悲鳴が上がり、馬車が急停車したからだ。

「な、なに?」

「アリシア様、ご無礼をお許しください」

とっさに外を確認しようと窓に近づいたアリシアを、素早くクロヴィスが抱きかかえた。そうして王女を腕の中に庇ったまま、補佐官は紫の瞳を鋭く光らせて、外を警戒した。ロバートの声がドアの外から響いたのは、そのすぐ後だった。

「若旦那様、ロンにございます。扉を開けますよ」

「ああ」

短い返答のあと、扉が薄く開いてロバートの顔が覗く。これで外からは見えないと判断したのか、従者然と振る舞っていた演技を彼は解いた。

「悪かった。後ろで、子供が別の馬車にひかれかけただけだ。すぐに出発する」

「待って！」

なんとなく嫌な予感がして、顔を引っ込めて戻ろうとした騎士をアリシアは止めた。

「そのひかれそうになった子は、大丈夫だったの？」

「ああ、ええ、まぁ。大丈夫ですよ」

曖昧に笑った銀髪の騎士の態度に確信して、アリシアはクロヴィスの腕を抜け出し、ロバートが薄く開いた扉を完全に開け放った。

果たして、アリシアの勘は当たっていた。

夕刻で道が混んでおり、ほとんど進めなかったのだろう。アリシアたちの馬車はまだエドモンドと別れた場所のすぐ近くだった。そして、問題が起きたと思われる馬車と子供を見て、アリシアは空色の目を大きく見開いた。

停止した馬車の前で縮こまる子供たちに、アリシアは見覚えがあった。うちひとりは、腕の中に小さな黒い子猫を抱いている。さらには、地面にしゃがみ込んで怯える子供たちを庇うように、エドモンドが大きく両手を広げて馬車の前に立っていた。

その様子を見ただけで、何があったのか、アリシアはすぐに見当がついた。

自分たちが教会を離れたとき、子供たちはいなくなった子猫を探していた。そして、彼らは見つけたのだ。彼らの間でどのような攻防が繰り広げられたのかはわからないが、とにかく子猫は往来の激しい道へと飛び出してしまった。子供たちはその後を追いかけて、馬車にひかれかけたのだろう。

すぐに、世話役である教会の大人が飛んできて、大慌てで馬車の御者に頭を下げ始めた。見たところ子供たちに怪我はなく、御者も迷惑そうに顔をしかめてはいるものの、それ以上に怒鳴り散らしたりする様子はない。事態は、そのまま収まるかと見えた。

そのとき、豪奢な馬車の扉が開き、中に乗る人物が顔を出した。

出てきた人物を見て、げっと声を漏らしたのはロバートだ。

「よりによって、お前かよ。リディ・サザーランド……」

見覚えのある赤みがかった髪を指で遊びながら、不機嫌そうに馬車を降りたのは、視察団メンバーにしてシェラフォード公爵家嫡男、リディ・サザーランドその人であった。

遠くから王女が固唾《かたず》を呑んで成り行きを見守っているなどとはつゆ知らず、リディ・サザーランドは馬車を降りると、ふふんと鼻を鳴らした。そして、髪を左手でもてあそびながら、自分の馬車を止めた不届き者たちをじろりと見たのであった。

ところで、このときのリディはたいへん不機嫌であった。

公爵家の次期当主としての座が確定しているリディが、王都に足を運ぶことは滅多にない。だが、今日は珍しく地方院に用があり、仕方なく馬車に乗ってわざわざ遠くまで来ていた。にもかかわらず、手紙の行き違いがあって必要書類が足りなかったり、彼自身の短気が災いして担当者と喧嘩してしまったりして、せっかくの遠出が全くの無駄足に終わってしまったのである。

いくら枢密院で群を抜いて発言力がある貴族の家だろうと、ハイルランドのお役所は甘くは見てくれない。そんなわけで、非常にむしゃくしゃした状態であったのは、子供たちにとってもリディにとっても不幸な偶然だった。

「なぁ、アル。僕は早く帰りたいと言わなかった？」

次期当主がわざと大仰に肩を竦《すく》めて嫌味を言えば、御者は慌てて頭を下げた。

「申し訳ありません。トラブルが起きまして……」

「若旦那様、悪いのは私共なのです!!」

「ふぅん……？」

言われずともわかっていることだが、あえて返事を濁し、リディはうずくまって震える子供と青ざめる保護者らしき女とを交互に見た。その中に、ひとりだけリディのことを気丈に見上げる子供がいることに、彼は顔をしかめた。

気に入らない。実に、気に入らない。

手に握る派手な彫りをほどこした杖で、リディは地面を何度か叩いた。今日はなんという厄日だ。さっさと領地に戻ることすら、こうして邪魔されるなど。

だから本人にしてみれば、それはちょっとした八つ当たりだった。

「おい、女。僕を誰と心得る？　見たところ、孤児とその世話係といったところだな。その程度の者が、公爵家の道を荒らすのか？」

「申し訳ございません。どうか、お許しを……っ」

「ただ許せと？　お前ごとき身分が、ずうずうしいことだ」

怯える子供たちを庇う世話役の顔を杖で上向かせて、リディは意地悪く笑みを浮かべた。

「さて、どうしようか。僕が睨みを利かせれば、町のしがない教会ひとつ、簡単になくなってしまうだろうよ」

「そんな……！」

「じゃあ、代わりにお前は何をしてくれる」

いよいよ青ざめて震え出した世話役に、リディの口元は三日月の形に吊り上がった。嘲笑を張りつけたまま、周囲には聞こえないよう、しかし女の耳にはこびりつくよう、ねちっこく続けた。

「地に頭をこすりつけて、非礼を詫びるか。それとも、その体で僕を慰めるか。ふん。見てくれだけはいいから、それも悪くない。なんなら、少しばかり金を弾んでやろう」

若い女の耳が羞恥に赤く染まるのを見て、リディはわずかに溜飲が下がる心地がした。

もちろん、この女を抱くなどもってのほかだ。本当に手を出したところで教会がサザーランド家を訴えるようなことはないだろうが、何かあってはあとが面倒である。何より、脅して無理に女を連れ込んだとなれば、さすがに評判がよろしくない。

理不尽に当たり散らすのも、このあたりが限度であろう。意外にも引き際を心得た公爵家の次期当主は、もう一度鼻を鳴らしてから、戯れを切り上げて馬車に乗り込もうとした。

「……あやまれ」

その背中に、少年の声が鋭く投げつけられた。

リディ・サザーランドはひとつの計算違いをしていた。つまり、力のない平民風情が、公爵家にたてつくことなどあり得ないという思い込みだ。

だから、間違いなく耳が音を捉えているというのに、最初リディは意味を聞き取ることができなかった。それでも、背後からびしばしと伝わる不穏な雰囲気に、彼は思わず足を止めて平民たちのほうを振り返った。

「何か聞こえたようだが、僕にまだ用があるとでもいうのか？」

「あやまれって、そう言ったんだ!!」

今度は聞き落としようがなく、リディは驚愕のあまりたじろいだ。はたして、公爵家次期当主を相手に怒鳴り声を上げたのは、先ほど彼のことを臆することなく見上げていた少年だった。

リディが知る由もないことではあるが、声を上げた少年は、今日一日王女に町を案内してまわっていたエドモンド少年だ。顔面も蒼白に必死に止めようとする世話役をよそに、大きな瞳を怒りにらんらんと燃え上がらせ、エドモンドはリディに詰め寄った。

「そりゃ、飛び出したこっちが悪かったさ。けど……、けど、あんたの言い分はあんまりだ!!いますぐ、この人に謝れ!!」

「貴様……っ！　誰に向かって口をきいている!?」

平民の、それも年端もいかない子供が、自分に反論をする。そんなリディにとってはあり得ない光景に、彼は一瞬呆然とし、次いで一気に頭の中が沸騰した。首や耳の先まで憤怒に真っ赤に染め上げて、公爵家の嫡男は怒鳴り声を上げた。

だが、エドモンド少年はそんなことで怯《ひる》むたちではなかった。

「あんた卑怯だ！　この人が言い返せないからって、好き勝手言いやがって。今すぐ謝らなきゃ、あんたがこの人にどんな酷いことを言ったのか、大声で叫んでやる！」

「んなっ!?」

実に情けないことだが、エドモンドの脅しは効果的であった。このようなつまらぬいざこざで醜聞がまわるなど、耐え難い屈辱だ。

しかし同時に、リディは我慢強いたちではなかったし、平民に脅されるなどという異常事態を黙って飲み込めるほど温厚ではなかった。要するに、人の目を忘れて、彼は激昂した。

「いい気になるな、小汚い平民風情が!!」

「エドモンド!!」

悲鳴を上げたのは、子供たちのうち誰であったろうか。

絢爛なる彫りを施された飾り杖が、怒りに我を忘れたリディにより振り上げられた。世話役も子供たちも、エドモンド本人ですらも、勇気ある少年の額が割れて血に染まるのを予見した。

そのとき、小鳥のごとく澄んだ号令が響いた。

「止めて、クロヴィス!!」

「仰せのままに!」

ぎゅっと目をつぶり顔を背けるエドモンドの前に、黒っぽい人影が飛び出す。そして、木と木がぶつかり合う鈍い音がして、リディが振り下ろした杖を別の杖が受け止めた。

「クロ!?」

「クロさん⁉」

はたして、エドモンド少年の前に身を躍らせ、リディ・サザーランドの振り下ろした杖を受け止めたのは、クロヴィスであった。憤怒に染まっていた次期公爵家当主の目が、驚きに見開かれた。

「クロムウェル⁉　なぜ、貴様がここに⁉」

「お久しぶりです」

驚愕するリディに対し、クロヴィスは紫の瞳で冷静に相手を見据えた。意外な人物による介入に、思わずリディは杖を下ろして、目の前の珍客から距離を取った。

リディはわけがわからなかった。

クロヴィスとリディが相まみえるのは、視察団の慰労式典ぶりだ。自分の目論見を外れて、王女の補佐官などという要職に取り立てられたクロヴィスに、はらわたが煮えくり返る思いで城を後にしたのが最後だった。

いずれ枢密院に名を連ねる身としては非常に腹に据えかねることだが、彼は城でアリシア王女に仕えているはずだ。それが、なぜこんな町中で、それも平民を庇って自分の前に姿を現したのであろう。

と、混乱するリディに追い打ちをかけるように、澄んだ少女の声が響いた。

「どうか、怒りをおさめてはもらえないかしら」

憎き黒髪の青年の肩越しに、凛と立つ小柄な少女の姿を、リディは見た。フードを深く被っているため、表情をはっきりと読み取ることはできない。しかし、フードの影から、強い眼差しでまっすぐにこちらを見つめる気配がした。

呆気にとられるリディに対して、少女は続けた。

「あなたにも、言い分があると思う。けれど彼らは、私の大事な友人たちなの。非礼があったのなら、代わりに謝ります」

「アリス？　お前……」

「エドモンド」

戸惑いを込めて少女を呼んだエドモンドを、少女がさえぎる。その声は子供たちや世話役の女性を気遣うように柔らかな響きを伴っていた。

「それに、みんな。彼は私の知人なの。怖がらせて、ひどい言葉で傷つけて、本当にごめんなさい。特に、あなたは顔が真っ青だわ。とても嫌なことを、彼に言われたのね」

その言葉に、張り詰めていたものが切れたのだろう。ぽろぽろと、世話役の女が泣き始めた。その泣き声をさえぎって、リディは声を張り上げた。

「待て！　何の話をしている!?　お前が、私を知っているだと!?」

「醜態をさらすのはその辺でやめておけ、坊ちゃん。でなければ、自分で自分の首を掻き切らねば、申し訳が立たなくなるぞ」

馬車を誰かに任せてから駆けつけたのだろう。少し遅れて登場した、従者のような服装をまとった若い男を見て、ますますリディは混乱を募らせた。

まっすぐに風に流れる銀の髪に、鍛え抜かれた体が生み出す隙のない身のこなし。2年の視察を共にし、今は近衛騎士団で副隊長を務めると聞く、ロバート・フォンベルトではないか。

そのとき、リディの頭に、恐ろしい可能性が浮かび上がった。

はっと顔を上げて、クロヴィス・クロムウェルとロバート・フォンベルトを交互に見つめた。それから、普段は気取った笑みを浮かべる整った顔を青ざめさせ、少女に視線を移した。

あり得ない。そんなわけがない。そう否定してしまいたいのに、リディの中の冷静な部分が、目の前の人物に逆らうなと警告を発した。

フードで顔を隠していようとも、少女の佇まいは毅然として気高さをにじませた。小鳥のように澄んだ声は、少しの曇りもなく道を示し、自然に周囲を従わせる力を持っていた。

リディの額から汗が滑り落ち、その口がわななないた。

「まさか、あなたは!?」

「久しぶりね。お父様の前で会って以来かしら」

ふわりと風が吹き、チャコールグレーのフードが少しだけずれる。その瞬間、リディはたしかに、フードの下に隠された空色の瞳と、同じく澄んだ空の色をした美しい青髪を見た。

あまりのことに体を硬直させたリディに、ハイルランドの青薔薇と称される姫君は可憐に微

笑む。たったそれだけのことなのに、公爵家の嫡男は背中をひやりとした何かで撫でられたような錯覚に陥った。

「アリシア姫……っ!?」

「しっ」

なぜ、城下町に王女がいる。

それに、この平民たちが王女の友人とは、一体なんの冗談だ。

沸き起こる数々の疑問におののくリディを見上げて、アリシア王女は人さし指を口元でぴんと立てた。そして、内緒の秘密話でもするように、ぱちりと片目をつむった。

「今日一日は、ただのアリスなの。だから、この件はここでおしまい。あなたも、そうするのがいいと思わない？」

暗に、これ以上騒ぎ立てれば王に報告すると匂わせておきながら、王女の笑みは少しの穢《けが》れも感じさせない。そのことが、かえってリディを戦慄させた。

「若旦那様……」

己の従者が、心配げにこちらを見ているのがわかる。だが、それにかまってやる余裕は、リディには残っていなかった。ごくりと喉を鳴らして、彼は必死に考えた。

どうする。どうすれば、この窮地を抜け出せる。

たっぷり数十秒沈黙したのちに、おもむろにリディは自身の杖をクロヴィスに押しつけると、子供たちと世話役の前に立った。そして、深く頭を下げた。それを見たロバートが、ひゅっと口笛を吹いたのはご愛嬌だ。

「すまなかった。この詫びは、いずれ別の形で」

深々と頭を下げたのは、心から謝罪をしたかったためではない。屈辱に歪む顔を、ぎりりと嚙みしめた奥歯を、隠したいがためだ。

地の底から這うような声でどうにか最低限の義理を通すことに成功したリディは、ぱっと体を起こすと、身を翻して己の馬車に乗り込んだ。背後を振り返ることなくぴしゃりと扉を閉めると、苛立ちを含んだ声で従者に命じた。

「帰るぞ、アル！　さっさと馬を走らせろ！」

「はっ！」

がたりと衝撃があって、リディを乗せた馬車は街道を走り始めた。

窓に頬杖をつき、ぶすりとした顔をして、リディは馬車に揺られた。まったく、本当に今日はなんという厄日であろうか。王都に無駄足を運ぶわ、平民に舐めた態度を取られるわ、気に食わない黒犬に遭遇するわ。

加えて、あの王女。

毒にも薬にもならない、愛らしいだけの姫君。そう思っていたのに、ここ最近の変わりようはなんだ。あの腹立たしいクロムウェルを引き立てただけにとどまらず、枢密院の重鎮であるサザーランド家の嫡男の顔に、涼しい顔で泥を塗ってくれようとは。

（アリシア王女……。この僕が、このまま黙っているとは思うなよ）

せめてもの負け惜しみにそう毒づいたリディが、己の杖をクロヴィスに預けたままであったことに気がつくのは、もう少し先のことであった。

さらに言えば、後日その杖がアリシア王女の名でサザーランド家に届けられ、彼が思わず怒りのあまりに杖をへし折ったというのは、完全なる余談である。


「姫様、紅茶でも淹れましょうか？」

「姫様が好きな焼き菓子もありますよぅ？」

「えっと、うん。今はいらないわ。ありがとう」

紅茶のポットを手にしたアニ。焼き菓子の並べられた皿を掲げたマルサ。そんなふたりに顔を覗き込まれても、どこか上の空のアリシアは気のない返事をした。続いて、窓のほうに向けた椅子に座って外を眺めながら、王女は深いふかい溜息を吐き出した。

ふたりの侍女は笑顔のまま、音もなくススス と王女のそばを離れると、入口付近に控えていた補佐官に同時に詰め寄った。

「ちょっと、これはどういうわけですか、クロヴィス様!?」

「どうして元気いっぱいに出かけた姫様が、しょんぼり帰ってくるっていうんです⁉」

姫殿下に向けていた満面の笑みから一転、ものすごい形相で迫ってきた侍女ふたりに囲まれて、クロヴィスはわずかに表情をひきつらせた。

まぁ、侍女ふたりのこの反応も無理はない。てっきり「楽しかった！」とにこにこと帰ってくると思われたアリシア王女が、すっかりふさぎ込んで町から戻ってきたのだから。

何があったのか知っているのは、お前だけだ。

さあ、我らが姫様をどうにかしろ。

そんな侍女ふたりからのプレッシャーをびしばしと感じつつ、クロヴィスは嘆息して、ぼんやりと窓の外を眺める主人の傍らに立った。

己の主人が何を気に病んでいるのか、クロヴィスはもちろん承知していた。だからわざと、並んで一緒に窓の外を眺めながら、その名を口にした。

「大丈夫ですよ。エドはきっと、許してくれます」

ぴくりと小さな頭が揺れて、ややあってから空色の瞳が気弱にクロヴィスを見上げた。

「本当に、そう思う？」

「ええ、必ず」

しょんぼりと問うアリシアに、にこりと笑みを添えて補佐官は頷いた。

〝お前、嘘ついていたのかよ〟

リディ・サザーランドが慌ただしく退場した後、アリシアは彼らに改めて謝罪した。それは、枢密院に所属する名家が犯した非礼についてだけではなく、己の身分について偽ったことを含めてであった。

彼女は最後まで、自分が王女であることを明言はしなかった。しかし、従者として命令に従ったクロヴィスとの関係や、リディ・サザーランドとのやりとりを見ていれば、彼女が本当はどういった身分の人間であるかなど、簡単に推測できたはずだ。

世話役やほかの子供たちがただただ驚く中、エドモンドだけは反応が違った。

〝クロも、妹だなんて言って、俺のこと騙したんだな〟

〝すまない。この方の安全を思えば、そう言うしかなかった〟

どこか悲しげに、しかし責めるようにアリシアとクロヴィスを見つめてから、エドモンドは教会の子供たちが止めるのも聞かずに走り去ってしまった。

（当然だわ。エドモンド、クロヴィスに仲がいい家族がいたことを、自分のことみたいに喜んでいたんだもの）

妹と紹介されたときのぎょっとした顔や、楽しかった思い出を生き生きと話す姿を思い出して、アリシアはきゅっとドレスを握りしめた。仕方がなかったとはいえ、エドモンドに嘘をついてしまったのは事実だ。

それに自分のせいで、クロヴィスまでエドモンドに怒られてしまった。このまま、ふたりの関係が壊れてしまったらどうしよう。

窓の外に目をこらしてみれば、オレンジの屋根が立ち並ぶ家々が見える。近くで見るそれらは城から見下ろすよりずっときれいで、人々の笑顔でカラフルに色づいて見えたのに。

「やっぱり、私はだめね。前回も今回も、町の人とうまくやるのが下手みたい」

空色の髪を揺らして、王女は困ったように笑った。すると、窓の外を眺めていた補佐官が、何かに気がついておやと口を開いた。

「……どうやら、そう決めつけるのは早計のようです」

彼の視線の先を追うと、そこには銀色の髪をなびかせ、見張り台の上を駆けるロバートの姿があった。


ドレスの裾をつまみ、くるくるとらせん階段をアリシアは駆け下りる。その後に従うのは、もちろんクロヴィスだ。

柔らかな頬は上気し、緊張のためか彼女の息はわずかに乱れていたが、王女は走る己の足を緩めることはなかった。すれ違う兵や文官に何事かと首を傾げられながら、ようやくアリシアは正門の上の見張り台へとたどり着いた。

「エドモンド!!」

塀に手をついて身を乗り出したアリシアの視線の先で、市場で出会った気さくな少年、そして教会で出会った子供たちとその世話役とが、城をぐるりと囲む壁の外からこちらを見上げていた。

「アリスだー！」

「ばか、アリスじゃなくて、アリシアさまだろ？」

「わー！　ほんとに、おひめさまだー！」

アリシアの姿に気づいた教会の子供たちが、一斉に嬉しそうに手を振る。そんな中、仏頂面を浮かべるエドモンドに、アリシアは思わず叫んだ。

「ごめんなさい、わたし……！」

「あのさ!!」

アリシアのことを遮って、エドモンドが顔を上げて叫んだ。だが、その後の言葉は続かず、まるで何かを葛藤するかのように口をもごもごと動かしては、眼差しだけは強くアリシアを見た。

すると、彼らの来訪を知らせたあとで一足先に戻っていたロバートが、塀に頬杖をついてもたれかかりながらにやにやと笑った。

「どうした、少年。ふたりに会うまで動かないっていう、さっきまでの気概はどこにいった？ああ、姫さまに見てもらいたかった。君の必死さといったら……」

「ちょっ、うわっ、ストップ!!」

何やら雄弁に語り出したロバートを、顔を真っ赤にしたエドモンドがぎゃあぎゃあと叫んで止める。それから、固唾《かたず》を呑んで続きを待つアリシアを見上げ、すっと息を吸い込んだ。

「ありがとな！」

思ってもみなかった言葉に、アリシアは空色の目を見開いた。

「さっきの奴に啖呵《たんか》切っているの、すっげえかっこよかった！　俺のこと、こいつらのこと、守ってくれてありがとな」

「けど、わたし、あなたに嘘をついていた……！」

「ああ、もう、それはいいんだよ!!」

塀を摑む小さな手に力がこもり、アリシアは悲しげに目を伏せた。だが、それを吹き飛ばすように、少年は己の頭をかきむしった。

「お前がクロを大事に思っているのが本当なら、それでいい。俺に教えてくれたことは、嘘じゃないんだろ？」

「アリシア様、彼と何か話したのですか？」

唐突に自分の話題になって驚いた補佐官が、不思議そうに目を細めてアリシアを見る。それには答えずに、王女は美しい青年の顔を見上げた。

〝好きよ。決まっているじゃない〟

クロヴィスのことを、どう思っているのか。そうエドモンドに問われたとき、アリシアが伝えた答えはすべて本心だ。こくりと頷いてから、塀の外の少年にアリシアは叫んだ。

「当たり前でしょ！」

「だったら、やっぱり俺とお前は、友達だ！」

夕陽のオレンジの光に照らされて、少年がにかっと大きく笑う。友達。その言葉の響きに、アリシアの心臓は大きく跳ねた。

「だがな、クロ。てめーはだめだ！　次に来たときは、うまい飯をいっぱい奢らせてやるから、覚悟して来い!!」

「なっ!?」

城郭の外からびしりと指さして、目を三角にしたエドモンドがクロヴィスに叫ぶ。そんなやり取りに周囲が笑い声を上げる中、アリシアの胸はどきどきと音を立てていた。

アリスという架空の人物ではなく、王女アリシアとして。

それでも彼は、アリシアを友と呼んでくれた。

「アリシアさまー！」

「クロさーん！」

「ありがとー！」

世話役がぺこりと頭を下げ、子供たちが口々に叫びながら、こちらを見上げて手を振る。

ともすれば、アリシアの目からは涙が零《こぼ》れそうになって、王女は塀の石の影に引っ込み、ちょっぴり顔を隠した。

その傍らで、補佐官が柔らかく微笑んだ。

「民とうまくやるのが下手。やはり、そんなことはなかったのでは？」

「……お前、わかっていて、私を泣かせにかかっているわね」

「主人の功績をたたえるは、臣下の務めと心得ますれば」

胸に手をあてて恭《うやうや》しく答えてから、クロヴィスは紫の瞳に主人を映した。

「従えるのではなく、集める」

きゃあきゃあと響く子供たちの笑い声や、何やら軽口を飛ばし合うロバートとエドモンドの声が、風に流れてアリシアたちの間を駆け抜ける。そんな中でも、補佐官が紡ぐ低めの澄んだ声が、ひとときわはっきりと王女の耳を震わせた。

「君臨するのではなく、並び立つ。……民の心が離れ、滅亡を迎える国。そんな未来を変えるには、あなたのような王こそが、必要ではないでしょうか」

強い風が吹いて、アリシアの空色の髪が、ふわりと大空に舞った。

夕陽の中に佇み、黒髪を風に揺らす青年から、アリシアは目を逸らすことができなかった。

その真剣な表情が、ごまかすこともはぐらかすことも、彼女に許してはくれなかった。

不思議と、アリシアの心は凪《な》いでいた。王国の未来を託す。そう星の使いに告げられたときから、いつかはこうした覚悟を求められる日が来ることを、どこかで予想していたのかもしれない。

自分に務まるだろうかと、アリシアは考えた。

ぽっちゃりと人好きのする外見で親しまれながら、その懐の深さと優れた先読みの力で、賢王とたたえられる父。

苛烈な性格で恐れられながら、圧倒的なカリスマ性と何者にも代えがたい手腕とで、大国を統《す》べる隣国の女帝。

アリシアのまわりにいるのは、偉大な人物ばかりだ。

けれども。

(けれど私は、もう見て見ぬふりはしないって、決めたんだ)

リディに何やら囁かれ、みるみる顔を青ざめさせていく女性を見たとき。握りしめた手を震わせながらも、懸命に食ってかかるエドモンドに心打たれたとき。

確かにアリシアは、一度は民から目を背けて、王国が終焉に向かうのを見逃してしまった。だからといって、今のアリシアが彼らを見捨てられるかというと、そんなわけがなかった。

行かねばと思った。

純粋に恋に胸を躍らせて、きれいなもの、好きなものだけを眺めて。

そんな、普通の女の子としての人生を、手に入れることは叶わない。

しかし、王女として生まれた自分だから、できること。

一度間違えた未来を持つからこそ、選び取れる道があること。


なぁんだと、アリシアはひとりつぶやいた。覚悟なんてものは、とっくの昔についていたんじゃないか。

「やってやるわ」

夕陽に染まる町を見渡せるその場所で、少しの揺らぎもなくまっすぐに補佐官を見上げて、アリシアは凛とした笑みを浮かべた。

強い方だと、クロヴィスは思った。10も年下の少女とは思えないほどに、覚悟を決めた王女の表情は凛々しく、そして美しかった。

「この国の次期王に、私がなってみせる」

けれど、と王女は肩を竦《すく》めた。

「私はちょっと未来を知っているだけで、すばらしく頭脳がまわるわけでもなければ、何かとびきり腕が立つものがあるわけでもないわ」

「無用な心配にございます」

秀麗な顔に完璧な微笑みをのせて、黒髪の補佐官はさらりと答えた。

「仮にあなたが道に行き詰まることがあれば、私が全力でお支えします」

「ええ」

満足気に頷いてから、アリシアは己の補佐官の顔を覗き込んだ。

「頼りにしているわ。私の補佐官殿？」

「はい。喜んで」

だんだんと藍色に染まっていく空に、一番星がきらりと輝く。

数奇な巡り合わせで出会った、小さき姫君と美しき青年。そんなふたりがまわす歴史の歯車が、またひとつ、変えるべき未来のために動き出そうとしていた。

6. 青薔薇に課せられし試練

赤やオレンジの屋根が並ぶ、美しき王都エグディエル。その中心にそびえるは、古城としての風格を漂わせつつも決して時代遅れには見えない美しさを備えたエグディエル城。

かつては軍事拠点としてそびえ、今は王の住まいであり、ハイルランドの政治・文化の中心として機能する城の一角を、輝く青髪をなびかせて少女が突き進む。

「行くわよ、クロヴィス！　今日は北部の情報を集めるわよ！」

「かしこまりました、アリシア様」

勇ましく先陣を切るのは、ハイルランドの可憐なる姫君、アリシア・チェスター王女。その後に礼儀正しい番犬よろしく従うのは、黒髪の美貌の青年にして王女付き補佐官、クロヴィス・クロムウェルである。

事情を知らない者が見れば、10歳のわがまま盛りの少女が、従者を連れまわして城を闊歩しているように見えなくもないが、実際はそうではない。

王女にかねがね好意的、もとい、もっぱらその愛らしさに骨抜きの臣下たちは、早速見慣れたこの光景をほんわかと見守る。すなわち分単位で刻まれたスケジュールの合間を縫って、アリシアが補佐官と共に書庫に突撃するのは、今日に始まったことではないのだ。

はたして、王の筆頭補佐官であり、王の右腕として政治・軍事・外交と幅広く目を光らせる王国一の文官ナイゼル・オットーも、王女と部下がいそいそと歩み去っていく背中を見て、銀縁の眼鏡を押し上げた。


「なんだ、ナイゼル。眼鏡などかけて、イメージチェンジというものか？　似合ってはいるが、そういうアピールは奥方の前でしてくるがよい」

「お戯れを、我が君。目をしばたたかせる臣下をあわれに思い、こちらをご下賜くださったのは陛下であらせられますに」

あいさつ代わりにジェームズ王が発した冗談を一蹴してから、ナイゼルはかちゃりと新品の眼鏡を押し上げた。その口が、重々しく溜息をつく。

「このごろ、めっきり老いを感じます。細かな字が見えづらくなり、階段に息が上がり、酒も多くを飲むのはきつうございます」

「だから、お主に眼鏡をやったのだ。頼りにする右腕が書類を読み違え、せっかくの能力を発揮できなくては困る。老体に鞭打つとは、よく言ったものだね」

「恐れながら陛下。さすがに言いすぎでございます。私が老体なら、陛下も十分に老体です」

積み上げられた書類の向こうから愉快げに笑い声を上げる王に、ナイゼルはきっぱりと反論した。40に差しかかったぐらいで老体呼ばわりは、いささか不名誉なのだ。

とはいえ、そろそろ自身の後継者についても、考えておいたほうがいいかもしれない。もちろん、王が求めてくれる間は現職を続けるつもりではあるが、ある日急にぱったり、なんてこともあり得なくはないのだから。

幸いにも、今の補佐室のメンバーであれば、誰がトップになっても申し分ない。と、部下たちの顔を順番に思い描いたところで、執務室に来るまでに見かけた光景を彼は思い出した。

「ところで陛下。こちらに参ります途中、アリシア様をお見かけいたしました。クロムウェルを伴い、書庫に向かわれたのかと存じます」

「ほぉ。精が出るな」

眼鏡越しに窺うように観察すれば、王はにこやかに微笑むだけだ。その当たり障りのない返答に、ナイゼルは思い切ってもう一歩踏み込んでみせた。

「姫様は、ここ最近変わられました。特に、先日城下への視察から戻られたあとは、ことに熱心に国内の情報を集めておられます」

「ふむ。何かあったかの」

とぼけた調子で天井を見つめたりしているが、アーモンド色の小さな瞳はきらきらと輝いてご満悦といった様子。せっかくの楽しい秘密を、打ち明けようかどうしようか悩んでいるのは丸わかりであった。

王の右腕が辛抱強く待つこと数分、ようやく王はぽんと手を打った。

「そうそう。シアがの、次期王位に立候補すると申したのだ」

「…………は？」

ぽかんと口を開いて、このときばかりはナイゼルも完全に無防備な顔を王の前にさらしてしまった。王が即位してからというもの、筆頭補佐官としてそばに仕え続けて早十数年。たびたび突飛《とっぴ》なことを言い出す主君への耐性は、とうの昔についていていたはずなのに。

「は、あの、それはいつにございますか？」

「うむ。あれが城下の視察に出た、その日の夜だったかの」

ふむふむ、なるほど。何度か頷き、ナイゼルは王の言葉をたっぷり咀嚼《そしゃく》して己の中で消化してから、――――温厚で知的な紳士然とした外見に似合わず、藍色の目をくわっと見開いた。

「そういう大事な話は、火急に！　速やかに！　教えていただきたいと、何度申し上げれば!?」

「おーおー。ナイゼルよ。すっかり素が出たお主も、久しぶりだの」

「誰のせいだと!?　というか、もう私もいい年なのですから、あまり興奮させないでください！」

ぜーはーと肩で息をしながら、ナイゼルはつい声を荒げたことを恥じた。若い頃は、いたずら好きでお茶目な主君に対し、こうした歯に衣着《きぬき》せぬ物言いをしょっちゅうしていたものだが、自分もいまや部下を数多く持つ身なのだ。

別に今更遠慮もあるまいとほのぼのと笑ってから、王はいたずらが成功した喜びを瞳に宿して補佐官を見た。

「お主も、私がシアを次期王にと望んでいたことは知っていただろう。それを、なんと向こうから名乗りを上げてくれた。それだけのことだろうて」

「それで、陛下はなんとお答えなさったのです？」

いささか冷静さを取り戻しつつ、ナイゼルは重要な質問を口にした。

主君が言うように、王はかねてよりアリシア王女を次期王に指名することを考えてきた。だが、その想いを知る者はナイゼルしかいない。

なぜなら、前例がない。ハイルランドの長い歴史の中で、女王が即位するのは極めて異例のことだ。ゆえに枢密院をはじめとする貴族たちも、アリシアが夫に迎えるものこそ、次期王位継承者だと疑いなく信じている。

王は、表面上はみなの思い込みを否定しなかった。明らかに王妃教育には不要な学問をアリシア王女が学ぶのも、臨時的に女王となる可能性もゼロではないからという、かなり消極的な理由で説明された。

というのも、つい最近まで、ジェームズ王は諦めかけていたのだ。

問題だったのは、当事者である王女だ。分け隔てなく臣下に接し、素直でまっすぐな性格でみなに愛される彼女は、王族としては申し分なかった。だが、なにぶん無垢すぎだ。穢《けが》れを知らず、疑うことをせず、愛らしい薔薇のような姫君。それは彼女の美徳だが、王の器とみるには頼りない。加えて、勉学も好かぬとあれば、何も無理やりに茨《いばら》の道を進ませるのはどうかというものだ。

だが、彼女は変わった。具体的には、クロヴィスを補佐官に指名した頃だ。

子供らしく、楽しければそれでいいという彼女の行動原理は、がらりと変わった。嫌いな勉学にも必死で取り組み、聡明な瞳を見開いてあらゆるものに目を向け、少女としてではなく王女として人と接するようになった。

具体的に彼女の空色の目が何を見据えているのか、そこまではわからない。しかし、アリシアの中に一本の芯のようなものが通ったのは確かだ。

「ご自身を次期王にとのアリシア様の申し出に、陛下はなんとお答えに？」

「今は頷けぬと」

やはりなと、ナイゼルはさして驚かなかった。

もしアリシア姫が王子であったなら話は簡単だが、彼女は王女だ。王がアリシア姫を次期王位に指名するには、まずは彼女にその器が備わっていることを、彼女自身が証明しなくてはならない。

もちろんそれは、第一には臣下として仕える貴族を納得させるためだが、同時に隣国エアルダールに対してでもある。

女帝は前々から、息子のフリッツ皇子とアリシア姫との縁談を望んでいると匂わせてきた。恐らく彼女は、自分がエアルダールを統治する間、フリッツ皇子をハイルランド王に据えることを狙っている。そのあとは、自分の退任と共にフリッツをエアルダールに呼び戻し、ハイルランド王はふたりの子に継がせる。宰相としてエアルダールの息がかかる者をつければ、完璧だ。

そんな狙いがぷんぷん臭うからこそ、王はアリシア姫とフリッツ皇子を引き合わせようとしない。

「シアを後継者に指名するのは、あれにその価値があることを証明した後だ。あの従姉妹殿を文句なしに黙らせるのは、相当に骨が折れるだろうな」

ほくほくと嬉しそうに語るくせに、王の言葉は極めて冷静で的を射ている。彼はいつもそうだ。心優しく、穏やかで、いたずら好き。人格者であり賢王と名高い主君を、ナイゼルは心から尊敬し慕っている。だが、時たまに、王がどこまで遠くを見通しているのかと、空恐ろしくなるときがある。

苛烈な性格で知られる隣国の女帝が本格的にハイルランドを手に入れようと動かないのは、現状での優先度が低いことはもちろん、それ以上に彼女がジェームズ王を認めているからだ。

連想されるのは、巨大なチェス盤。性格も、統治の仕方も、全く異なるふたりの王は、実はその性質でよく似ている。恐らくはナイゼルの考えが及ぶよりずっと先まで見通し、互いの手の内を読み合いながら、静かに駒を動かし合っている。

何やら背筋のあたりがぞくりとしたのを振り払うように、ナイゼルはあえて軽い調子で肩を竦《すく》めた。

「あなたもお人が悪い。可愛い子には旅をさせよとはいうものの、陛下の助けもないとは、あまりに重い試練ではありませんか」

「いやいや。私はさりげなーく、おぜん立てする気だったのだよ？　なんたって、愛娘の晴れ舞台だ。親としては、手助けしてやりたいじゃないか」

しかし、王女は凛と咲く一輪の青薔薇のごとく、揺るぎなく宣言した。

自分の道は、自分で切り拓きたいのだと。

先ほど王に抱いた畏敬の念とは別の感情で、ナイゼルの体は打ち震えた。視察団の慰労式典で、クロヴィスを庇い立った王女の気高く美しい姿が、まざまざと瞼の裏に蘇《よみがえ》る。

空色の髪に王冠がきらめく様を、是が非にもこの目で見たい。

「シアには、優秀な補佐官もついておる。あれが何をするのか、私も興味深いのだ。まずは、愛しい我が子のお手並み拝見といったところかの」

王女アリシアと、その補佐官クロヴィス。なぜかナイゼルは、彼らが進むその先に、歴史の転換点があるような興奮を覚えたのであった。

7. ローゼン侯爵、ジュード・ニコル

〝私を、ハイルランドの次期王に指名してください〟

〝今すぐには、頷くことはできないよ〟

父に直談判したところ、戻ってきた答え。

それは、否定も肯定もない極めて曖昧な返答であったが、少なくともアリシアの申し出を歓迎しているような話しぶりだった。

それだけで、アリシアには十分だった。

もともと、王国の未来に関わる重要事を、ほいほいと了承してもらえると期待してはいない。それに、〝今すぐには〟ということは、今後のアリシアの行動次第では頷く用意があるということだ。

(まずは、己の器を証明してみせろ。そういうことよね、お父様)

10歳の少女には重すぎる試練を前にしても、王女はその小さな胸の内にめらめらと闘志を燃やしていた。

「で、何をするかだけど……。前に、クロヴィスがエアルダール遠征の後で言っていた、〝登用制度における、身分制度の撤廃〟。あれに、取り組むわけにはいかないかしら?」

もはや作戦会議と化した、ある日の定時報告。そこで、昔に話した内容を思い出し、アリシアが提案するが、黒髪の補佐官は意外にも首を振った。

「ジェームズ王が言うように、あの提言をハイルランドで実行に移すには、あまりに障壁が多いのです。長期的な課題として、アリシア様が王になったときこそ、着手すべき課題かと」

「そっかあ……」

当てが外れたアリシアは、思わず机に頬杖をついた。いい案だと思ったのだが、書いた本人がそう言うのだから、今のアリシアの力では難しすぎる問題に違いないのだろう。

意気消沈する主人に、クロヴィスは小脇に抱えた紙の束を差し出した。

「代わりといってはなんですが、こちらに着手してはいかがでしょうか？　やはり難度は高いですが、アリシア様ならきっと、興味を持たれる内容かと存じます」

「地方院で却下された、領地からの提言？」

「ええ。左様にございます」

文書から顔を上げて首を傾げるアリシアに、黒髪の青年がにこりと微笑む。今日も今日とて、宮廷舞踏会では淑女の視線を独り占め間違いなしの色気と美貌を、忠誠という形で惜しげもなく己の主人に向けている。

眉目秀麗、頭脳明晰、さらに最近では文武両道とまでわかった完璧超人クロヴィスにそんな笑みを向けられたら、通常の女性ならばころりと落ちてしまうのだろう。

だが、そこはさすがアリシア王女。なぜ己の補佐官が一度却下された提言を自分に見せたのか、ただただ気になるのはそちらであった。

「ドレファスたち地方官が目を通した上で、補佐室まで上げる必要なしと判断したものなのでしょ？」

「はい。しかし、ドレファス殿は白黒はっきりさせる方です。案外、ばっさり切り捨てられた中にきらりと光る原石はないかと、試しに目を通してみたのです」

なるほど、それでクロヴィスの目に留まったのが、この提言書だったというわけか。何が優秀な補佐官の琴線に触れたのか興味惹かれたアリシアは、改めて手元の文書に目を落とした。

少し前の彼女であれば、流れるような文体で書かれたその文書を、ちらりと見ただけで放り出していたであろう。しかし、すでに彼女は昔とはひと味違う。

王の器ありと証明するために、何を為すべきか。その答えを探して、ここ最近のアリシアは国内外のあらゆる書物に目を通している。そのために、地方領主が書いた提言書のひとつやふたつ、目を通すなどたやすいことなのだ！

——と、勢い込んで提言書をめくり始めて数分。

アリシアはしょんぼりと、涙目で黒髪の補佐官を見上げた。

「……クロヴィス、あのね」

「大丈夫です、アリシア様。読めるということと、頭に入るということは別にございます。僭越ながら、簡単に中身をご説明させていただきましょう」

主人の反応を予想していたというように、すかさず恭《うやうや》しく頭を垂れるクロヴィス。

なんとなく悔しいが、仕方がない。どんなに背伸びして頑張っても、しょせんアリシアは10歳の少女に違いないのだから。ちょっぴり拗《す》ねつつも、気を取り直して彼女は補佐官に尋ねた。

「まず、これはどこの誰が書いたものなの?」

「ローゼン侯爵、ジュード・ニコルでございます」

その名前に聞き覚えがある気がして、アリシアは首を傾げた。ややあって、王女はあっと声を上げた。

「そうだわ。確か、ナイゼルがあなたに抜き打ちテストをしたときに、出てきた名前ではなかった?」

「よく覚えておいでで」

アリシアの答えに、クロヴィスは切れ長の目を見開いた。それでアリシアも、当時聞いた話をいろいろと思い出した。

ジュード・ニコル。

彼をことさらに嫌うドレファス地方院長官が、「領地を没収してしまえ」と定期的に補佐室に提言を送りつけてくるという、あの。

（ローゼン侯爵領……。最近、いろいろ調べた中にあったわね）

ここ連日、図書室に通い詰めて得た知識を総動員して、ローゼン侯爵領についてアリシアは思い出した。

ローゼン侯爵領は、ハイルランドの北東部に位置する。その大半は緩やかな山が連なる荒涼とした地域であるが、一部が海に面している。特に大海に開かれた港町ヘルドは、国内外から人・物・金が集まる一大貿易拠点だ。

そんなローゼン侯爵領を治めるのは、由緒ある貴族の名家、ニコル家である。その現当主ジュードは、まだ30を過ぎたばかりの若い男であるのだが、これが変人奇人と有名なのだ。

「ところが、地方院で止められていた提言書に目を通したところ、なかなかに興味深いことが書いてあるのでございます。……ただし、真偽を見極めるのが難しく、それゆえに地方院で却下されたと推察できますが」

「で、肝心の中身はなぁに？　簡単に言うと」

簡単に言うと、の部分を強調して、アリシアは上目遣いに補佐官を促した。なんのかんので内容が気になる王女は、そろそろ待ちきれなくなってしまったのだ。

そんな王女を微笑ましく思いながら、クロヴィスは彼女の期待どおり、シンプルかつ的確に内容を要約してみせた。

「領主制の壁を超えた、流通専門の広域商会を創設すべし。それが王国の未来を救うと、彼はそう言っております」


数週間後、アリシアはクロヴィスらを伴って、ローゼン侯爵領へと出発した。

つい最近初めて城下に出たというのに、今度は王都の外に、それも泊まりで行くのだ。女官長は卒倒したり、侍女たちは慌てふためいたりしたが、ジェームズ王が娘の遠征をすんなり了承したので実現したのである。

アリシアを乗せた一行は、王都を出たのち、ハイルランドの広大な自然の中をゆっくりと前進する。その編成の内訳は、アリシアとクロヴィスを乗せたものと、アニとマルサを乗せたものの合計2台の馬車。その前後を、ロバート率いる近衛騎士団が固めている。

「なんだか、大事になっちゃったわね」

「目的が目的だけに、お忍びでとはいきませんので」

なんだか申し訳なくて身を縮めるアリシアを、クロヴィスがなだめる。

ところで、なぜアリシアがローゼン侯爵領に向かっているのか。これには、深い訳がある。

提言書を見せられたあと、アリシアはクロヴィスといろいろと話し合い、一度ジュード本人から話を聞いてみようとの判断を下した。そこで、初めはジュードを城に呼び寄せようと考えたのだが、それでは会えないかもしれないとクロヴィスが言ったのだ。

「ニコル家は侯爵家でありながら、珍しくも枢密院に籍を置いていません。なんでも、代々の当主が貴族との交流を嫌ったためであるとか。特に、現当主はその傾向が強いので、アリシア様の命であろうと理由をつけて断るかもしれません」

こうした補佐官の助言を受けて、ならば逃げられないようにこちらから訪ねていくことにしたのだ。さすがのジュードも、王女来訪より優先する予定を見つけることはできなかったのか、お待ち申し上げているという返答が来ていた。

とはいえ、初対面のうえ、おそらく彼女の来訪を歓迎していない者と会うことに、アリシアも少なからず緊張していた。

「着いて早々、城に帰れと言われたら、どうしよう」

「それはありません。相手にはすでに、数日間の滞在となることを知らせているのですから。……それに、我が主人にそのような無礼はさせません」

美しいアメジスト色の瞳が一瞬鋭くなったのを見て、アリシアは若干顔をひきつらせた。そして、まだ見ぬジュードが友好的に接してくれることを願った。

「ところでアリシア様、ごらんください。いい景色ですよ」

緊張する主人の気を紛らわせようとしたのだろう。カーテンをずらして、クロヴィスが窓の外を見るように王女を促す。

つられて視線を移したアリシアは、わぁ、と歓声を上げた。いつの間にか王都は遠く小さくなり、代わって目の前にあるのは広大な草原だった。進む一本道の先にはなだらかな山が連なり、まるで神々が住まうかのような荘厳さを漂わせていた。

その光景は、いつか夢で出会った美しい少年を彷彿とさせた。

途中の町で1泊して体を休め、出発して2日目の昼過ぎ、アリシア一行はローゼン侯爵領にあるニコル家の邸宅に到着した。

彼の屋敷は港町ヘルドに近い郊外の森の中にある、石造りの美しい古城であった。それは王都の近くに建てられるような貴族の屋敷とはだいぶん趣が異なり、アリシアには意外であった。

さて、はるばる会いにきた目的の人物だが、屋敷の前で夫人と家来と共にアリシアたちの到着を待っていた。どうやら、領内に一行が入った時点で連絡を受け、いつごろ到着するかを予想していたようだ。

「お会いできて光栄です。ニコル家当主、ジュードです」

アリシアには礼をし、クロヴィスには握手を求めた若き領主に、王女はほっと胸をなでおろした。少なくとも最初の入りは、想像していたよりもずっと友好的だ。

というより、彼から受けた印象は、予想していたものと大幅に違った。

貴族嫌いで社交界に出ないというから、アリシアは気難しい男を思い描いていた。しかし、実際目の前に立つ彼は、明るい金髪とえくぼが印象的な、爽やかな色香を放つ男であった。と、安心していたアリシアの不意をついて、ジュードが膝をかがめて王女のことを覗き込んだ。目を丸くする面々の前で、若き領主が笑み崩れる。

「いやぁ。噂には聞いていましたが、なんて愛らしくて、素敵なお姫様なんだろう。青薔薇姫の呼び名にぴったりだ！」

「……旦那様、まずはみなさまを中にご案内しないと」

「ああ、そうだね」

控えめに進言した奥方に、ジュードが素直に頷く。一行を中へ案内しようと彼が立ち上がった途端、クロヴィスがアリシアを庇うよう、さりげなく前に立ったのはご愛嬌だ。

「長旅でお疲れでしょう。さ、さ。こちらへ」

朗らかに屋敷に招き入れながら、そうそうと、ジュードは白い歯を見せた。

「せっかく港町まで来たのです。ただ部屋にこもって話をしていても、もったいない。どうです、午後は町を散策でも……」

「いえ。まずは要件について軽くお話しさせてください」

丁寧に、しかし有無を言わさずぴしゃりとクロヴィスが答えると、ジュードは残念そうに眉を下げた。

「なんだか、独特な人ですね」

アリシアの耳に口元を寄せて、アニが呟く。「変な人」と言わなかったのは、彼女なりに、わざわざ長い距離を会いにきた相手だということを考慮したのかもしれない。

(ローゼン卿……。なかなかに、マイペースな人物だわ)

なんとなくだが、生真面目なクロヴィスとの相性は、あまりよくない気がする。

どうか、この後の話し合いが、平穏に進みますように。屋敷の中の造りを簡単に説明されながら、アリシアはこっそりと星の使いに祈ったのであった。


「私が地方院に出した提言書を見て、わざわざお越しくださったとか」

ひと通り、屋敷の中を案内してもらった後。向かいに腰かけながら、爽やかな笑みを浮かべてジュードが本題を口にした。まるで天気の話をするかのように、気軽な口調だった。

アリシアたちがいるのは、サロンを開いたりするような日当たりのよい談話室であった。太陽の光をいっぱいに取り込む大きな窓の外には、貿易商が住まうヘルドの街並みと、初めて目にする青い水平線が広がっている。

景色に目を奪われていたアリシアは、一瞬きょとんとしたのちに、慌てて頷いた。

「ああ。えっと、そうなの。うん」

こほんと咳払いをして、アリシアは背筋を伸ばした。しっかりしないと、マイペースな若領主に呑まれてしまう。

「あなたの提言書に、最初に目を留めたのは、ここにいるクロヴィスなの」

「へぇ。けど、それって地方院で却下されたあとに、ですよね？」

嬉しそうに歯を見せて、ジュードはクロヴィスに視線を向けた。

「もしかして君も、変わっているって言われない？」

「時として」

曖昧にそつなく答えたクロヴィスに、ローゼン卿の眉が再び下がる。一方でクロヴィスは、会話の主導権をこちらに取り戻そうとするかのように、わずかに身を乗り出した。

「私が興味を引かれたのは、侯爵が『流通に特化した商会を創設するべし』と提案した理由のほうです」

「どうぞ、僕のことはジュードと。君のことも、クロヴィスと呼んでも？」

あくまでペースを崩さないジュードに頷いてから、補佐官は先を続けた。

「職人産業、――現在ハイルランドで栄える金物や織物、その他工芸品が、今のままでは諸外国との競争に負けて廃れる。あなたはそう、提言書で述べていましたね」

「嬉しいなぁ。僕の出した提案書、いつも地方院で取り下げられちゃって、まともに読んでもらえた試しなんかないのに」

明るい感嘆の声を上げて、ジュードは緑の瞳を輝かせた。

「書いたよ。君も、そうなると思うでしょ？」

「待って。どうして、あなたがそう思ったのか、まずそれを教えてほしいの」

思わずアリシアは、口を挟んでしまった。

ジュードが提言書に記した内容は、もちろん事前にクロヴィスに説明をしてもらい、アリシアも把握している。そのうえで最も捨て置けないのが、「国内産業が将来的に廃れる」という部分だ。

彼が言うところの職人産業とは、先日の城下町視察でアリシアが交流を深めた、脈々と受け継がれてきた工芸職人を指していた。お忍び視察のとき、間近でその精巧な技を見せてもらった彼女としては、にわかには信じがたい話であった。

すると、ジュードはきょとんと首を傾げた。

「なぜって。港に出入りする商人たちと話していれば、簡単に予想がつくことでしょう。って、ああ、そうですね。王女様にそんな機会はないですよね」

嫌味なく、ジュードはまいったと頬を掻いた。どうやら、自分が話している相手が商人でも地方役人でもなく、王都から来た王女とその従者であることを、一瞬失念していたらしい。

どこから説明しようかと、あれこれ悩んでいるらしい領主に、クロヴィスが助け船を出す。

「海の向こうから入ってくる商品が、ここ十数年で各段に質のよいものになっているとは、聞き及んでおります。その影響でしょうか？」

「そうそう、それだよ！　おまけに、いろんな国に出入りしている商人たちによると、よその国のほうが伸びしろがあるんだ」

ほっとしたように補佐官を見て、ジュードは先を続けた。

アリシアたちが暮らすハイルランドでは、歴史の早い段階から職人文化が発達してきた。それは、真面目で堅実な民の気質によるものや、厳しい自然環境で農耕が発達しづらく、手工業を生業《なりわい》に選ぶ者が多かったことに起因する。

だから昔から、ハイルランド製の工芸品は高値で取引され、それぞれの職人を抱える領主の税制を支えてきた。

「けれど、なまじ今までが成功していたばかりに、うちの国の生産・販売体制は数百年前から進化していません。こう言っては何ですが、実に古臭い」

「つまり、一つひとつの商会が小規模で、受注できる仕事の量が限られる」

「そういうこと」

ジュードは指をぱちんと鳴らして、補佐官に微笑んだ。

「一方で海の向こうでは、ハイルランドに追いつけ追い越せっていうんで、領主や国が入り込んで、ばんばん自国の産業を売り込んでいる。エアルダールがいい例ですよ。あそこは、女帝の許可を得た巨大商会が、何でも売り込みにまわっていますから」

ひと昔前のように、ハイルランド製の商品が群を抜いて質がよかったのなら、それでも勝てた。むしろ、生産が限られるということは、かえって希少性を高めもした。

だが、周辺国の技術が我が国に追いつき、質で見劣りしない商品を生産するようになった今となっては、ハイルランドは圧倒的に不利だ。同じ質、値段であれば、より多くの仕事を受ける体制が整っている他国のほうが、今後伸びていくに違いないためである。

「と、ちょっと商人と話していれば、すぐにわかることです。なのに、この国の貴族ってやつは、貴族同士でしか仲良くしないから、それがわからないんですよ……」

やれやれと首を振る若き当主は、どうやら目の前のふたりが貴族（しかも、うちひとりは王族）であることを、再び忘れている様子。困ったアリシアは、曖昧に頷くことしかできなかった。


そう遠くない未来、諸外国の振興に圧《お》されて、ハイルランドの職人産業が衰退する。社交界に滅多に顔を出さない変わり者が出した予測は、あまりに大胆だ。

「その打開策として、あなたが出した答え。それが、『流通に特化した広域商会の創設』。そういうことですね」

「なに、エアルダールのイスト商会を真似ただけだよ。あ、イスト商会というのが、女帝の許可であれこれ売り込んでいる巨大商会のことでね」

軽く肩を竦《すく》めて、若き領主は答えた。

そのイスト商会というのは、エアルダールに点在する商会の情報を一挙に集め、国外に自国の産業を売り込む際の窓口として機能しているらしい。要は、究極の仲介業である。

そのメリットは、注文する側がわかりやすいということだ。ドレスを仕立てたい、カトラリーを一式注文したい。要望はなんでもいい。どんな要望でも、イスト商会に相談すれば、願いを叶えるにぴったりの商会に引き合わせてくれるのだから。

同時に個別の商会にとっても、うまみがある。仲介料を支払う代わりに、個別の商会では取れないような注文、たとえば王宮や大貴族からの注文なんかも、イスト商会を仲介することで受けられるようになった。

「なるほど。イスト商会のような広域商会がハイルランドにもできれば、我が国の商圏は一気に広がりますね」

クロヴィスが合いの手を入れると、ジュードはひどく嬉しそうに頷いた。

「クロヴィス、いや、クロくん。君は改めて僕の話を聞いたりしなくたって、全部わかっていたんじゃない？」

「クロくん……？　いえ、買いかぶりです」

突然の呼び方に動揺しつつも、あくまで謙虚に、黒髪の補佐官は恭《うやうや》しく目を伏せた。

これで、ひと通り、ジュードの提言書について確認ができた。

(本当に、話を進めてかまわないわね？)

念押しの意味を込めてアリシアが隣を見ると、補佐官も静かに頷いた。それで、王女は背筋を伸ばし、改めて若き領主に向き直った。

「ねぇ、ローゼン卿。わかっているとは思うけれど、あなたが説明してくれたことは、筋は通っていても根拠には欠けているの」

「手厳しいなぁ」

苦笑しつつも、降参するようにジュードは両手を軽く広げてみせた。

「地方院からも、そう回答が来ましたよ。各領地から上がっている報告を見る限り、我が国の職人産業が衰退するなど想定しかねる、とね」

聡明な瞳でジュードを見据えたまま、アリシアは続けた。

「それに、あなたの提言を実現させるには、ハイルランドに領地を持つすべての貴族の了承を得なくてはならないわ。一番の難関は、言うまでもなく枢密院よ」

「そうでしょうとも」

大きく頷いて、ジュードは悩ましげに顔をしかめた。

「目指す商会は、領地の枠組みにとらわれず、あちこちを自由に出入りできる必要がある。けどそんなこと、貴族のみなみなさまが許すわけがない。加えて、自領に属する商会がよその商会に仲介料を払うなど、我慢がならないでしょう」

「ええ。地方院があなたの提言を却下した理由は、ざっとそんなところね」

一度も噛まずに言えたことに安堵しつつ、アリシアは重々しく頷いた。当然のことながら、彼女がすらすらと述べたことの大半は、事前に補佐官に教えてもらったことである。

さぁ。ここからが勝負どころだ。いっそうの気を引き締めて、アリシアは口を開いた。

「それでも、私はあなたのアイディアを採用したい。あなたの提言をもとに原案をまとめて、国の議題に上げるつもりよ」

「そう。そこですよ、よくわからないのが」

両手を絡み合わせて、身を乗り出すジュード。と、話に熱中しつつも、「紅茶、飲んでくださいね」とアリシアとクロヴィスにすすめることを忘れない。たくさん話して喉が渇いた王女は、ありがたくカップに口をつけた。

ふたりがひと息ついたのを確認し、自身も紅茶で喉を潤してから、ジュードはいたずらっぽく眉を上げて、アリシアを見た。

「自分で言うのもなんですが、あなたが私の提言に、なぜそこまで入れ込んでいらっしゃるのか、とても不思議なんです。それも、一度地方院で蹴られた内容に、ですよ？　どう考えても、尋常なことじゃない」

「理由はふたつ」

小さな手を掲げて、アリシアは指を2本立てた。

「一つ目は、成功したときのメリットが大きいこと。枢密院という壁があって、実現が難しい内容ではある。けれど、うまくいけば、ハイルランドの職人に未来を約束することができる」

そして、二つ目。告げながら、アリシアは瞼をわずかに伏せた。

「二つ目は、そうね、個人的な私の願い。たとえ困難な道でも、それによって民が救われるなら、私が頑張りたいの」

〝愛におぼれ、心の目を曇らせ、民から背を向けた結果がこれだ〞

怒りに燃え上がる男の声が、耳に蘇る。

だから、アリシアはもう間違えない。

〈傾国の毒薔薇〉。そう呼ばれていた頃の自分を、反面教師に。

ほんの少しでも、民が飢える可能性があるというなら、それを無視することなどできない。王女という立場を最大限に利用して、自分にできることはなんでもしようと、アリシアは固く胸に誓ったのだから。

「……へえ。あなたも、ずいぶんと変わった方ですね」

純粋な驚きをにじませて、若き領主はまじまじと王女を見つめた。

呆気にとられるジュードに、クロヴィスが紫色の瞳を向ける。それは、さながらに、獲物に狙いを定める狼のようでもあった。

「そこで、ローゼン卿。あなたに、我々に力を貸していただきたい。商会設立に向けた、実務の責任者になってもらいたいのです」

「へ？」

ティーカップに手を伸ばしたまま、ジュードは完全に虚を突かれた様子。そこに一気に畳みかけるように、クロヴィスがさらに続ける。

「商会設立の要となる、商人との人脈の広さ。貴族らしからぬ、商売人としての勘の鋭さ。どれをとっても、あなた以上に、この計画の中心に立つにふさわしい人物はいません」

「ちょっと、待ってよ」

慌てたときの癖なのか、ジュードが前髪をかき上げた。

「僕はあくまで、そうしたほうがいいよとアドバイスを送っただけだ。提言にも書いたでしょう？　枢密院の重鎮たちで、音頭をとって進めるべきだって」

……その自発性のなさも、地方院で却下された理由かもしれない。動揺するジュードを眺めながら、アリシアは曖昧に微笑んだ。

その横で、辛抱強くクロヴィスが説得にあたる。

「もちろん、国内の調整は我々が行います。しかし、求める商会にはどこか中心となる拠点が必要だ。貿易の強化を見据えた商会ですから、その最適地はヘルドの町。つまり、あなたの領内です」

「海路はね。けど、陸路なら候補はほかにもあるでしょう。シェラフォード公爵領のヴィオラとか。とにかく、僕は無理だよ。ほかの貴族だって、変人ジュードが旗を振ったんじゃ、絶対についてこないさ」

「ローゼン卿！」

立ち上がった若き領主を、追いすがる王女の声が呼び止める。振り返ったジュードの顔は、困惑に染まっていた。

「すみません、アリシア姫。正直、僕はこういう場面に慣れていなくて」

「いいのよ。こちらこそ、驚かせてしまってごめんなさい」

首を振りつつ、アリシアも立ち上がり、優しさの滲むハンサムな青年を見上げた。

「あなたが、貴族間の人脈にはとことん疎《うと》いというのは、噂で知っている。けれど、それを差し引いても、あなたの能力が必要なの」

「では、こういうのはどうです」

何度か頷いてから、ジュードは口早に並べた。

「頼れる商人だったら何人だって紹介するし、いち領主として意見を求められれば、ちゃんと答えます。けど、僕を中心に据えるのだけはダメです。というより、これは助言だ。僕を中心に据えたりしたら、絶対に失敗しますよ」

それだけ言って、領主は足早に退室した。アリシアはもう一度それを止めようとしたが、クロヴィスに制された。

「少し、時間を置きましょう。城に帰るまでに、まだ猶予はあります」

「そうね……」

ジュードが出ていった扉を見つめながら、そう、アリシアは答えたのだった。


結局、その日は、それ以上に話を進めることはできなかった。

といっても、無為に過ごしていたわけではない。ジュードの奥方に、ローゼン領の民の暮らしぶりや、港町ヘルドの賑わいについて教えてもらったり、代々の当主が集めた海の向こうの珍しい品々を見せてもらったりと、有意義な時間は過ごせたのだ。

ジュードも、夕食の席で顔を合わせたときには、朗らかで気さくな調子を取り戻していた。ただし、東方商人から仕入れた話題でアリシアたちを夢中にさせる一方、提言の行方に関しては、頑なに話をそらしている節が見られた。

「明日、もう一度、彼と話してみるしかないわね」

「あちゃあ。やっぱり、交渉決裂しちゃっていたんですね」

夜、与えられた客室で、疲れ果てたアリシアがソファに身を沈めてぼやくと、すかさずアニが答えた。

なお、部屋の中にいるのは、アリシアと侍女ふたりだけだ。

クロヴィスやロバートたち護衛騎士は、ジュードが用意した別の部屋に宿泊している。アリシアの近辺警護を除いて、屋敷の周辺や港町の警戒はローゼン侯爵領に駐屯する北方騎士団が引き受けてくれているので、めいめい体を休めているはずだ。

柔らかな頰を膨らませて、王女は侍女の言葉を訂正した。

「決裂はしていないわよ、決裂は。……けど、やっぱりって？」

「いやぁ」

「だって、ねぇ」

すかさず、顔を見合わせるアニとマルサ。ふたりの様子が気になって、アリシアは首を傾げた。

「たしかに、マイペースな人だなぁとは、初めて会ったときに思ったわよ。けれど、とっつきづらい人柄でもないでしょ？　あれほど嫌がるとは思わなかったわ」

「といってもね、姫様。領主としての仕事はちゃーんとやっているみたいですけど、本来的にはあの人、貴族の気質ではないですよ」

やれやれと肩を竦《すく》めて、アニが答える。その後に続くのは、マルサだ。

「ローゼン卿を見ていると、城に時たま出入りする商人を思い出しちゃうんですよねぇ」

「そうそう。だから、あの人が枢密院の貴族たち相手に、あれこれ意見する姿が、ちょっと思い浮かばないというか」

さすが、普段から城内で、出入りする様々な人物を観察しているだけはある。侍女ふたりの人を見る目の鋭さに感服しつつ、アリシアは改めて考え込んだ。

〝僕を中心に据えたりしたら、絶対に失敗しますよ〟

そう言って、彼は頑なに拒んでいた。あれは、彼自身が他の貴族と関わることを苦手とする以上に、他の貴族から自分が疎まれていることを指しているのだろう。

たしかに、地方院長官のドレファスをはじめとする複数の貴族が、社交界に顔も出さず、商人とばかり交流を深めているジュードを「異端者」と見て、好ましく思っていないとの話は聞いている。

特に、枢密院の重鎮に多い保守派などは、貴族の秩序を乱すとして、何度かジュードに貴族との繋がりを重んじるよう警告を入れている。

「どうして、ジュードはそんなに、ほかの貴族との交流を好まないのかしら？」

「さぁ……」

侍女ふたりが顔を見合わせる中、アリシアはふと思い立って、ぴょこんと立ち上がった。

「少し、屋敷の中を散歩してくるわ。ふたりは、先に休んでいてちょうだい」

「え!? だって、もうこんな遅い時間ですよ？」

そんなに、驚愕するほど遅い時間でもないのだけどねと、アリシアは苦笑した。相変わらず、侍女ふたりはアリシアに過保護である。

「談話室から見えた海が、とてもきれいだったの。今まで見たことのなかった光景だから、夜の景色も見ておきたくって。ね、おねがい」

ぱちん！　と両手を合わせてお願いをしたアリシアに、ふたりの侍女はしぶしぶ頷いた。

本当は、危険がないようについていくとアニが主張したのだが、それは丁重にお断りした。海を見ながら考えをまとめたかったし、そもそも、ここは領主の屋敷の中。万が一にも、彼女が危険にさらされることなど、あり得ないのである。

かくして、アリシアは部屋を出て、昼間に提言書について議論を交わした談話室へと、足を運んだ。


ひとり静かに、海を眺めて。

そう考えて、ここまで来たのだが。


「アリシア様!?」

「おお！　姫さまじゃないですか！」

談話室には、先客がいた。それも、３人も。

「クロヴィス！　それに、ロバートとローゼン卿まで」

目を丸くするアリシアに、真っ先に反応したのは、やはりというかクロヴィスであった。素早くソファから立ち上がると、目にも留まらぬ速さでアリシアの前に跪《ひざまず》いた。

「申し訳ございません！　このようにお見苦しいところ、姫様の目に入れるなど……！」

「え？　見苦しい？」

「おいおい。見苦しいって、お前。俺たちは、大人の時間を嗜《たしな》んでいるだけじゃないか」

クロヴィスの背後で、カラコロと涼しい音を鳴らし、ロバートがロックグラスを掲げた。すると、アリシアの前に跪いたまま、クロヴィスがそちらに鋭い眼光を飛ばした。

「アリシア様は高貴なる身。そんな方の前で、酩酊した姿をさらすなど言語道断だ！」

「待て待て、落ち着け。その無駄に整った目を凝らしてみろ。ここにいる誰が酔いつぶれているというんだ？」

呆れた口調でロバートが言うとおり、3人の調子は昼間に見たときとまるで変わらない。ややあって、クロヴィスも冷静さを取り戻したのか、アリシアの前に跪いたまま秀麗な顔を赤らめた。

「こんばんは、アリシア姫。彼らを誘ったのは、僕なんです。夜なら、かまわないかと思いまして……。お怒りになられますか？」

ロバートと同じくグラスを傾けながら、ジュードが困ったように微笑む。そうやって眉が八の字に下がっていても、愛嬌のあるえくぼは健在だ。その向かいで、ロバートもやれやれと肩を竦める。

「この男ときたら、ご当主の誘いを断ろうとするから、無理やりに引っ張ってきたのですよ。

けど、来たら来たで、せっかくの酒に口をつけようともしない。ローゼン侯爵領自慢のウィスキーを、ジュード殿が自ら振る舞ってくださるってのに」

「あら、どうして?」

確かに、クロヴィスが座っていた席には、手つかずのグラスがそのままに置かれている。空色の目をぱちくりと瞬かせて、アリシアは目の前の補佐官を見つめた。

「ご馳走になればいいじゃない? もしかして、お酒は苦手だとか?」

「いえ、そういうわけでは……」

「奴は飲めますよ。2年を共にしたのだから、俺が保証します。しかし、己は職務としてここに来たのだから、今宵は飲まぬと。この堅物はそうのたまうのですよ、我らが姫君」

歯切れ悪く答えるクロヴィスに代わり、答えたのは銀髪の騎士ロバートであった。改めて補佐官を見ると、きれいな紫の瞳をそらしているから、どうやら騎士の言葉は本当であるらしい。

おかしくなって、アリシアは笑った。

「気にしなくていいのに。ちょっとくらい気を休めないと、疲れちゃうわよ」

「はい……」

「よかった。これで、クロくんにも、我が領自慢の味を確かめてもらえる」

にこりと嬉しそうに笑うジュードの傍らには、琥珀色の液体が入った瓶が1本ある。ラベルにローゼン侯爵領の紋章が描かれているから、あれがそのウィスキーなのだろう。

「私もご一緒してもいい？　……あのね、クロヴィス。そんな顔しなくても、私はお酒に口をつけたりしないから、安心していいのよ？」

瞬時に顔をひきつらせた補佐官に、すかさずアリシアはフォローをひと言。まったく、アリシア付きの従者は、みなが揃って過保護である。対して、ほかのふたりは朗らかに了承してくれたので、アリシアはクロヴィスの隣にちょこんと腰かけた。

すかさず、ジュードがニコル家の侍女を呼んで、アリシアに紅茶を用意するよう指示を出す。彼らの仕事を増やしてしまったことを心苦しく思いつつ、じきに出てきた温かな紅茶を、アリシアはありがたく頂戴した。

ニコル家当主であるジュード、護衛騎士のロバート、そしてアリシア付き補佐官クロヴィス。加えて王女アリシアという珍妙な顔ぶれで座るのは、大きな窓がある談話室である。

その窓の外には、アリシアが生まれて初めて見る海が遠くに見える。幸いにも、今宵は大きな満月が出ているので、真ん丸の白い月が海をぼんやりと照らす様は、とても幻想的で美しかった。

「ところで、私が来るまで何の話をしていたの？」

ティーカップを手に、アリシアが無邪気に問う。すると、人懐っこい笑顔を浮かべて、若き領主が身を乗り出した。

「エアルダールへの視察について、あれこれ教えてもらっていたんですよ。ふたりとも、2年もあっちの国に行っていたというじゃないですか！　もう、僕はうらやましくて」

「いやいや、すごいのはジュード殿のほうですって」

優雅に氷をグラスの中で転がしながら、ロバートがくいっと眉を上げて微笑む。アリシアが席に着いてから、彼のグラスはもう3杯目のはずだが、そのきれいな顔に赤みが差すことはない。よほど、酒に強いらしい。

「実際にあちらの国に行ったことはないっていうのに、この方ときたら、エアルダールの商業について物凄く詳しいのですよ。隣国だけじゃない。あちこちの国の事情に、精通しておられる」

「僕の話は、全部、商人たちから聞きかじったにすぎないよ」

照れ臭そうに笑いながら、大きな瓶を掲げて、ジュードがクロヴィスのグラスに酒を注ぐ。クロヴィスも、アリシアが許可を出してからは腹をくくったのか、ロバートほどのペースではないにせよ、ちゃんとウィスキーを嗜んでいた。

「港町を歩いて、馴染みのパブに顔を出すとね、顔見知りの商人が必ずいるもんなのですよ。彼らは商売人だけあって、話もうまいし、感じもいい。それで僕は、彼らからいろんなことを教えてもらった」

「本当に、彼らのことがお好きなのね。商人たちの話をしているときが、いちばん楽しそう」

「好きというか、彼らといるほうが、僕にとっては自然なんですよ。ヘルドの町が、そうさせるんでしょうか。なぜだか、ニコル家の者はそういうふうに育つんです」

その言葉を受けて、アリシアは窓の外に広がる暗い海に視線を向けた。つい最近まで城の中しか知らなかった王女にとって、この海が見たこともない異国に繋がっているというのは、とても不思議なことであった。

そうした、海によって世界のどことでも繋がれるというヘルドの開放感が、ジュードのような通常の貴族とは異なる感性を生むのかもしれない。

「別の立場、たとえば商家に生まれたかったと、考えたことはありますか？」

ふと思いついたように、クロヴィスがそんな質問を投げかける。すると、若き当主の顔には、ぱっと笑顔が咲いた。

「ああ！　そうであったなら、どんなにか楽しかっただろうね！　いっそのこと、今からでも貴族の肩書を売ってしまいたいくらいだ！」

朗らかに笑ってから、若き領主は己のグラスをくいとあおる。次にグラスを机に戻したとき、その横顔は、打って変わってどこか寂しげであった。

「同じ生まれだとしても、隣国に生まれたなら、これほどに窮屈な心地を味わうことはなかったのかもしれない。生まれも立場も関係なく、自由闊達に人々が入り乱れる、あの国ならあるいは……」

自国の王女を前にした発言にしては、いささか不敬な内容であったかもしれない。しかし、それを責める気には、アリシアはどうしてもなれなかった。

ハイルランドは、まだまだ身分による壁が厚い。だからこそ、城下の視察に出た際、市井の人々はアリシアたちを珍しがったのだし、筋の通った主張であろうと、リディは平民にたてつかれたと激昂した。

そんな風潮を変えたいと願うが、まだ、アリシアにそこまでの力はない。

落ち込みかけたアリシアの耳に、あっけらかんとしたロバートの声が響いた。

「お待ちくださいよ、ご当主どの。ちょっとばかし、絶望するには早いんじゃないですか？」

手元のグラスを揺らして氷を転がしながら、美しい銀髪の騎士は片目をつむってみせた。

「確かに、隣国を見てまわるのは楽しかったけれど、これからは、この国を見ていたほうが、ずっと愉快で刺激的だと思いますよ。なんたって、敬愛するアリシア王女が、ハイルランドをいろいろと面白く変えてくれますから」

「え？」

どきりとして、アリシアは思わずロバートを見た。アリシアが次期王に名乗りを上げたことを、ロバートには話していない。もしかして、どこからか噂が広まっているのだろうかと、彼女は一瞬危惧した。

だが、彼が持ち出したのは、アリシアが心配したのとは別のことであった。

「こんなに愛らしい顔をしているのに、アリシア様はその辺の男よりよほど、度胸が据わっているんですよ。そこの堅物が逃げ帰ろうとするのを引き止めて補佐官に指名してみたり、お忍びで城下に出たと思えば、坊ちゃん貴族に啖呵を切って帰ってきたり」

「誰が堅物だ」

きれいな眉をしかめて、クロヴィスが苦言を呈す。だが、ジュードは興味を引かれたらしく、目をきらきらさせて身を乗り出した。

「何だろう、その面白そうな話は。ぜひ、教えてくれるかな？」

「では、先日の視察について、ここで一席。あ、相手が誰かは内緒ですよ？　あまりに情けない体たらく故、個人名を晒しては気の毒というものでしてね」

そう前置いてから、吟遊詩人のごとく雄弁な口をロバートは開いた。

当然、リディの名を伏せるのは、あのときに両者で結んだ「これ以上、大事にはしない」という暗黙の了解に基づく。

そのあたりを踏まえて器用に特定し得る情報は隠しつつ、まるで武勇伝のように、視察での出来事をロバートが再現するものだから、アリシアはすっかり赤面した。一方のジュードはというと、何度か目を丸くして王女を見ながら、感心して話に聞き入っていた。

こうして、ささやかな宴の時間は、穏やかに過ぎていったのであった。

翌朝、部屋で用意された朝食を済ませ、すっかり身支度を終えたアリシアが広間に向かうと、先に到着していたジュードとクロヴィスに迎えられた。

そうして始まった2度目の会談では、広域商会の設立に向け、いくつかの具体策について検討された。提言を書いた当事者として、意見を聞かせてほしい。そうしたこちらの申し出に対し、若き当主が快く応じてくれたためである。

仲介するとひと口に言っても、具体的にはどのような流れで行うのか。

運営に向けて、各領主に求めるべき協力には、どんなことが挙げられるか。

現存する他国の広域商会とは、どう折り合いをつけるべきか。

こうした内容が、クロヴィスとジュードの間で繰り返し議論された。こうなってくると、アリシアの知識では口を挟めない。己の補佐官の手腕を信じて、王女は会議の進行を見守っていた。

そうして見守っている中で、やはり、計画の中心に立つべきはローゼン卿であると、アリシアは再認識を固めた。

彼の優れた点は、領主としての視点と商人としての視点、異なるふたつの視点から物事を捉えられることであった。アリシアたちが実現させようとしている広域商会は、領主の協力を取り付けたうえで、各地の産業を売り出す役目を担うのだから、彼のように領主と商人、両方の視点で判断することができる人材が貴重なのである。

だが、昨日の拒否の具合からして、計画の中心に立つことはしないという彼の意志は固い。

こうして、アリシアやクロヴィスに対し助言を与えることは抵抗がなくとも、いざ、ほかの貴族に意見せよとなれば途端に逃げ出すに違いない。

(なんとか、彼を説得したい。何か、うまい手はないものかしら)

貴族との交流を嫌うといっても、ジュードがアリシアたち一行に対し嫌悪を向けることはない。むしろ、晩餐が済んだあとにも語らいの場を用意するなど、積極的に交流を望んでいるように見える。

とすると、彼の場合は貴族が苦手というよりも、身分で厳格に区切られた貴族社会そのものや、同等の身分だけで内に籠《こも》ろうとする閉鎖性のほうを嫌っているのだろう。

王国の未来のためとはいえ、嫌がる人間を無理やり引き込むことは、アリシアとてしたくはない。といって、計画の実現には、彼のように柔軟な視点を持つ者が不可欠だ。

原案をまとめるために、補佐官があれこれと内容のすり合わせを進める傍らで、アリシアはアリシアで頭を悩ませていた。

そうこうしているうちに、2回目の会談は終了した。己で夢想していた素案が、具体的に形になっていくことへの興奮のためか、晴れ晴れとした様子でジュードは王女のことを見た。

「いやはや、驚きました。さすが、アリシア様付きの補佐官ですね。クロくんは、本当にすばらしい。僕がぼんやりと思い描いていたことを、たちまちに具体的な形に固めてしまうのですから」

「ローゼン卿が、商人たちの動きに精通しているおかげにございます」

手放しの称賛に対し、美貌の補佐官は恭《うやうや》しく微笑む。アリシアは、明るい瞳でふたりを相互に見つめてから、にこりと笑みを浮かべてねぎらった。

「城を出て、ローゼン卿に会いにきてよかったわ。いくらクロヴィスが優秀でも、商人や商会については、あなたの意見が不可欠だもの」

「嬉しいなぁ。商人とばかりつるんでいるって、好奇の目で見られることはよくあったけど、こんなふうに王女様の役に立てる日が来るなんてなぁ」

純粋に嬉しそうに、若き当主は笑った。

「とはいえ、補佐室はクロくんがいるから問題ないとして、問題は第一関門として立ちふさがる地方院と、最終関門となる枢密院ですね。はたして、商会の重要性をちゃんと理解できるんだろうか」

「それに関しては、辛抱強く説得するしかないわ。すぐには賛同してもらえなくても、ちゃんとわかってくれる人がいるはずだもの」

きっぱりと言い切ったアリシアに、ジュードはぱちくりと緑の目を瞬《まばた》いた。

「自信たっぷりに言いますね。ご存知かと思いますけれど、枢密院の重鎮たちの頭の固さは異常ですよ」

「ならば、こんなのはどうです？」

アリシアを警護するため、部屋の入口で腕を組んで会議を見守っていたロバートが、いたずらっぽく笑みを浮かべて声を上げた。

「お立場を最大限利用しましょう。陛下のご威光で、〝新規商会を設立する〟という事実だけでも先に制定してしまえばよい。いくら枢密院といえども、陛下の意を覆すことはできません。最も手っ取り早い方法だ」

「却下だ」

秀麗な顔をぴくりとも動かさず、すかさずクロヴィスが答えた。

「独善的なやり方は、反感を生む。ジェームズ王ご自身も、その方法をよしとなさらない。あの方は臣下に対し、心から納得するまでとことん話し合うことを望まれる方だ」

それに、と言葉を区切って、アメジストに似た瞳がアリシアに向けられた。応える王女は、静かに頷いた。

「私も、その方法はとりたくない。どれだけ時間がかかっても、真っ向から向き合いたい」

「なぜです！」

呆れた様子で、ジュードが叫んだ。

「失礼。気を悪くしないとよいのですが。けれど正直に言って、あなたが取ろうとする方法は馬鹿正直すぎます」

「そうね。決して、うまい手ではないと思う」

苦笑を浮かべて、アリシアは若き当主を見た。

「けど、私は多くの力を持ってないから」

王女の言葉に、ジュードは明るい緑の目を丸くし、クロヴィスは柔らかく微笑んだ。

アリシア本人が自覚していることだが、彼女にはすばらしくまわる頭脳や、何か特別に秀でた才能があるわけではない。周囲を惹きつけてやまない愛すべき美徳は数多《あまた》とあれども、それは彼女を助けこそすれ、それだけで国政を乗り切れるわけではない。

それを自覚しているからこそ、王族という権威を盾に、上から押さえ込むような方法を取りたくないのだ。

「〝信頼によって民と王が結ばれ、民の一人ひとりが己の範疇で国をよくしようと動けば、ただひとりの王が権威をふるうより大きな力を生む〟」

以前、クロヴィスに教えてもらった言葉を繰り返して、王女は聡明な瞳でジュードを見据えた。

「知恵を出し合った結果、もしかしたら、広域商会ではないもののほうがいいとなるかもしれない。それならそれで、構わないわ。それが、民の力が合わさった結果だもの」

「……あなたは、やっぱり変わったお姫様だ」

ぽつりとつぶやいた領主に、アリシアは首を傾げる。

「そう？　自分では、あまり自覚はないのだけれど」

「ええ。昨夜に聞いた、視察に出たときの話にしたってそうです。あなたの行動は、僕が知る貴族の姿とはまるで違う。——とても、興味をそそられますよ」

そう答えてから、場の空気を変えようとするように、ジュードは両手をぱんと合わせた。そして、立ち上がって一同を見渡し、爽やかな笑みを浮かべた。

「何はともあれ、昼食といたしましょう。いい食事は、よい閃きをもたらします。一日は、まだまだ長いですからね！」


それは、昼食を共にした後のことだった。

「おや、クロくん！」

話し合いの再開の前に、少しだけ取られた休憩時間。

特に用事もなく、では談話室からヘルドの町でも眺めようかと廊下を歩いていたクロヴィスは、ある部屋の前に差しかかったところで声をかけられた。

振り返って声の主を探した補佐官は、開かれた扉の中から手招きをするジュードの姿を見つけ出した。

「ちょうどよかった！　少し、手を貸してくれないかな。なに、すぐ終わるよ！」

ジュードに呼ばれて入ったのは、昨日、ニコル家のコレクション部屋のひとつとして紹介された場所だった。壁一面にびっしりと磁器が飾られた部屋は『東洋の間』と名づけられており、ジュードの最もお気に入りの部屋ということであった。

ジュードはクロヴィスを部屋に呼び込むと、自分が椅子の上に立つから、しばしの間椅子が倒れないように押さえていてほしいと求めた。そのようにすると、彼は宣言どおりその上に上がり、高いところにある絵皿の角度を微調整した。

「助かったよ。使用人が掃除したときに、少し曲がってしまったようでね。気になったら、放っておけないたちなんだ」

朗らかに笑って、満足気にジュードが壁を見上げる。つられて、クロヴィスもその隣に立ち、改めてすばらしい名品たちを眺めた。

「よく、これだけの量の磁器を集めましたね」

「僕が買い求めたものなんて、ほんのわずかさ。代々の当主が、少しずつ集めたんだ。ちりも積もればなんとやら、だよ」

手近な絵皿を手に取って、ジュードが愛おしそうに撫でる。

「実は僕の領ではね、磁器の研究もしているんだ」

「そうなんですか」

切れ長の目を見開いて、クロヴィスは隣の美丈夫を見つめた。

遠い海の向こうから運ばれてくる磁器は、滑らかな美しい白肌と鮮やかな絵付けで、貴族の中にもコレクターが多い。だが、その技術までは伝来しておらず、それらしいものはあっても完璧な磁器は遠い海の向こうでしか作れていない。

そのため、ハイルランドやエアルダールに限らず、あちこちの国の熱心なコレクターが、自領地の中で磁器の完成を目指して研究している。ただし、ローゼン侯爵領もそのひとつだというのは、初めて知った。

「ここより、よほど田舎の地域でね。東洋に詳しい商人に聞いたら、なんでも土が重要らしいんだ。磁器が好きなのはもちろんだけど、成功したら間違いなく、莫大な利益を生むだろうからね」

「それこそ、各地の貴族がこぞって注文するでしょう」

「そのときは、ぜひ広域商会に仲介をお願いするよ。飛ぶように売れて、互いに大忙しとなるだろうね」

袖でそっと表面をぬぐってから、ジュードが大事そうに絵皿をそっと壁の留め具に戻す。それを見守りながら、まるでこの部屋はニコル家の歴史そのものだと、クロヴィスは考えていた。

優れた名品が集まる港町で目を鍛えられ、確かな商品を己の手で選んできた一族。無駄なもの、わずらわしいものを徹底的に排除し、自分たちにとって価値のあるものだけを残して。

「それでは、私はこれで」

「君は、グラハムの親戚だよね」

軽く頭を下げ、退出しようとしたクロヴィスの足が止まる。わずかに体を強張らせて補佐官が振り返れば、ジュードは爽やかな笑みを見せて両手を広げた。

「そんなに身構えないでよ。別にとって食いやしないさ。けど、その反応だと、割と近い血縁なのかな」

「ザック・グラハムは、私の祖父です」

秀麗な顔になんの感情も乗せずに、クロヴィスは簡潔に答えた。外見的特徴から、このように問われることには慣れている。しかし、今はジュードを味方につけられるか否かという重要な局面だ。

自分の存在が、アリシアが進む道の枷《かせ》になるようなことはあってはならない。そのときは、己のすべてをかけて障壁を取り除いてみせるが、それが叶わなければ、クロヴィスは己を許すことができないだろう。

さて、ローゼン侯爵はどう出るつもりだ。

王女への忠誠と己の矜持のため、相手の一挙一動を見逃すまいとするクロヴィスとは対照的に、ただただジュードは頓狂な声を上げた。

「孫なのか！　どうりで、その髪色と瞳に生まれるわけだ！」

「いつから、気づいていたのですか？」

「君が馬車を降りたときからかな。グラハム家の黒髪は珍しいもの。事件の後、グラハム家は完全に表から消えてしまったから、そんなに近い血筋だとは思わなかったけど」

グラハム家を知るということは、当然、ザック・グラハムという人物が過去に何をしたのかを知っているはずだ。にもかかわらず、ジュードの目には純粋な興味の色しかない。

クロヴィスの顔が、怪訝《けげん》なものになっていたのだろう。ジュードが苦笑した。

「僕とクロくんは似た者同士だもの。お互いに嫌われ者で、貴族のはぐれ者。そんな君が、どうしてアリシア王女に手を貸すつもりになったの？」

「どうして、とは？」

「あの人が型破りなお姫様なのは、よくわかった。けど、たったひとりの理想だけじゃ、国は動かない」

賢い君なら、わかるはずだ。そう確認するジュードに、クロヴィスは美しく澄んだ紫の目を伏せた。

「それをわかっていても、君は特別に、彼女への忠誠が固いように見えるんだ。それはなぜかな？」

自分が、アリシア王女に仕える理由。

無意識のうちに、クロヴィスは己の右手を見た。そこには、小さな手に摑まれたときの記憶が、まだありありと残っている。

言うまでもなく、彼がアリシアを支えようと心に決めたのは、あの式典の場だ。だが今は、本当にそれだけだろうか。

ややあって、彼は己の問いに対し、ゆっくり首を振った。

「アリシア様は、私を救ってくださった。最初の頃は、そのお心に報いたい一心で、あの方の補佐官となりました」

しかし、今はそれだけがすべてではない。

アリシアと過ごす日々が長くなり、彼女の秘密を、願いを知るうちに、クロヴィスの王女に対する忠誠はより深くなった。

「あの方は、民のため、この国のために自分に何ができるか、真摯に向き合い悩んでおられる。決してラクではない、茨《いばら》の道だというのに」

知恵もなく、力もなく。

それでも、壮絶な破滅の未来を回避するために、必死に抗おうとする彼女の姿はクロヴィスにはまぶしく、同時に危うく映った。ともすれば、簡単に足元をすくわれてもおかしくないお人好しの彼女を、守ってやりたいと思った。

「あの方が険しい道を選ばれるならば、俺は道を照らす光でありたい。目指す頂が切り立つ崖の上にあるなら、あの方を護る杭となろう」

「盲目的だね。まるで、おとぎ話に登場する騎士《ナイト》のようだ。クロくんにそこまで決意させる価値が、彼女にはあると？」

彼女の価値？　その言葉に、思わずクロヴィスは笑い出しそうになった。彼に言わせれば、自分こそ、アリシアに仕える価値があるのか問いただしたいくらいだ。

「ハイルランドの未来は、あの方と共にある。俺は、そう確信しています」

「……なるほどね」

何度か頷いてから、ジュードは挑戦的に唇を吊り上げて、クロヴィスを見た。それはさながら、重大な商談の場において、商人が交渉のカードを示すかのようであった。

「王女様は、この国を変えるかな？　クロくんの見立てでは、どう？」

「お答えするまでもない」

美しい笑みと共に、クロヴィスは目の前の男を見返した。

「あの方は、この国を変えますよ。みなが己の力と知恵を出し合い、支え合って立ち上がる国へと。――それをあなたご自身が、すでに確信しておられるはずです」

「ふふふ、これは楽しみだ！」

ついに若き当主は白旗を上げた。両手を上げて、朗らかな笑みと共に肩を竦《すく》める。

「降参だ。君たちは、僕の興味を引くことに成功したよ。こんなに胸が高鳴ったのは、磁器作りにふさわしい土を発見したとき以来だ」

そう言って、ジュードはクロヴィスの肩をぽんと叩いた。

「引き受けるよ、商会の設立責任者。あのお姫様の下で働くのは、とても楽しそうだ」

「それは、まことですか！」

「ただし、条件をふたつほど」

指を2本掲げて、ジュードはいたずらっぽく笑みを浮かべた。そして、クロヴィスの反応を窺うように、ゆっくりと部屋の中を歩いた。

「僕は、無駄なことをするのが大嫌いだ。まわりには、使える人間しか置きたくない。実務面の中心メンバーの選定は、僕に任せてもらえるかな？」

「かまいません。もちろん、リストには目を通しますが」

王女付き補佐官としての立場に戻って、クロヴィスは頷いた。散々、意見を交換したあとだから、ジュードが半端な人間を選ぶことはないと信頼できる。

その答えに満足したように、ジュードは立てる指を1本に減らした。

「もうひとつの条件。僕は、自分のスタンスを変えるつもりはない。立場上、枢密院の貴族と会わなければならない場面が出るだろうけど、僕にうまい調整ができると期待するのは無駄だよ」

「いいでしょう。それは、こちらが引き受けます」

若干、表情が渋くなるのを自覚しながら、黒髪の補佐官はそれに答えた。もとより、枢密院との調整は、自分たち補佐官の仕事だ。とはいえ、このマイペースな人柄を庇いながら事にあたるのは、非常に骨が折れるだろう。

だが、その苦労を差し引いても、ジュードが実務の責任者を引き受けてくれることの価値は大きい。商人と交流が深く、領内での信頼が高いジュードが窓口となることで、商会設立に向けたスピードは一気に早まる。

（アリシア様、やはり、あなたという人は……）

表面上はいたって冷静さを保ったまま、クロヴィスは胸が熱くなるのを感じていた。

彼女には、こういう不思議なところがある。目立った力を持たない代わりに、彼女のために何かしたい、力になりたいと思わせてしまう不思議な魅力が。

それこそがアリシアの最大の武器であり、王国を救う鍵だ。

「あの方に力を貸してくださること、深く感謝いたします」

「堅苦しいのはよそうよ。明るく、楽しく。それが、一番さ」

胸に手をあて、主人に代わって頭を下げたクロヴィスに、ジュードは明るく笑って手を差し出す。しばし逡巡してから、クロヴィスはアメジストに似た美しい目を細めて、目の前の手を握った。

「よろしくお願いします、ジュード」

「そうこなくっちゃ」

摑まれた手を固く握り返してから、待ちきれないというように、若領主は『東洋の間』の中央でくるりと体をまわした。

「そうと決まれば、早々に草案をまとめて、地方院を通過させなくてはならないね！　ふふふ。今までは却下されてもどうとも思わなかったけど、今回は腕が鳴るな！」

8. エピローグ　新たな幕開け

頑なだった態度が一転、全面的に協力すると申し出てくれたジュードに、当然ながらアリシアは仰天した。そして大いに喜び、感謝の言葉を伝えた。

ふたりともはっきりと口には出さなかったが、クロヴィスとジュードの間でなんらかのやり取りがあり、それがジュードの心変わりを促したのは明らかだった。

「もうクロヴィス様が次に何を為そうが、私は驚きませんとも」

ジュードは、決して引き受けない。

そう見立てていた侍女のアニは、帰りの馬車でこんなふうにぼやいた。

「しまいに、あの人が魔術を使えるようになったと聞いたって、ええ、私は驚かないでしょうよ」

とにもかくにも、ジュード・ニコルという新たな仲間を得たアリシア一行は、綿密な打ち合わせを重ねて草案をまとめたうえで、エグディエル城へと帰還を果たした。

それから幾月かが過ぎ、季節がひとつ変わった。

その間、ジュード・ニコルの提言に端を発した素案は、『メリクリウス商会設立に関する提言書』としてクロヴィスによりまとめられ、地方院の同意のもと、補佐室から王へと提出された。

そこに至るまで、これほどにまで月日がかかったのには、深い訳がある。

本来であれば、各府省が作成した草案をもとに補佐室が審議を重ね、何度となく繰り返される担当各所とのやり取りの後、正式な提言として王に上げられる。大抵は、王がそこで頷くか否かで審議は終了する。ただし、王が枢密院の収集が必要であると判断した場合には、そちらでの審議へと移行するのだ。

だが、今回は一度地方院で取り下げられた案件を補佐室で拾い直し、逆に地方院へと提案した形になるので、相当にイレギュラーな流れであった。

「最も気を使うべきは、地方院です。審議の上で却下したものが取り上げられて、面子を潰されたと感じてもおかしくありません」

アリシアに対して説明したその言葉のとおり、クロヴィスは地方院長官ドレファスとのやり取りを、かなり綿密に、そして慎重に行った。それでも、地方院を説得するのは相当に骨が折れることであった。

長官の名誉のために言っておくと、ドレファスという男は非常に情に厚く、公明正大な人物である。

理屈っぽいことを嫌い、こうと決めたことをとことんやり抜く行動派ゆえ、互いに裏を読み合うことの多い枢密院の中でも、「あいつだけは大丈夫だ」という謎の安心感を伴って、みなに好かれている。

そんな昔気質の男であるから、ジュードとの相性は最悪に近かった。ドレファスから見れば、ほかの貴族との交流を深めることもせず、自領に閉じこもり（実際はそうでないにせよ）ふらふらしているジュードのような存在は、我慢がならないのだ。

もちろん、最初にローゼン侯爵領より提言が届いた際に、それを補佐室に上げずに却下したのは私情を挟んでのことではない。しかと内容に目を通し、アリシアたちが推測したとおりの答えに辿り着いたうえで、上にあげる必要なしと判断したのだ。

だが、そうした行程を経て、ジュードの提言はドレファスの中で「いけ好かない奴が出してきた、訳のわからぬ戯言」という、考えられる限り最も悪い印象に落ち着いていたのである。

だから、補佐室より『メリクリウス商会設立に関する提言書』を渡され、それがジュード・ニコルの提言書を具体化したものだと知らされたとき、ドレファスは驚きのあまり卓上に置いてあったインク瓶を倒し、中身を盛大にぶちまけてしまった。続いて、地方院の領分に補佐室が踏み入ったとして、猛反発した。

しかし、初期のものよりずっと内容が濃くなった提言と、クロヴィスの辛抱強い説得により、当初は頑なだったドレファスの態度もだんだんと軟化していった。

そのタイミングを見計らってアリシア本人が筆を執り、王国の未来のために協力をしてほしいことを真摯に訴えると、情に厚いドレファス長官はついに折れたのであった。

こうして、王女アリシアの名のもとに通された初の提言が、ようやくジェームズ王のもとへと届けられた。


それに目を通した王は、名のある貴族たちに文を出した。

すなわち、枢密院の招集である。


「やっと、この日が来たわ」

大きな窓から、朝日が差し込む。その白い光に照らされて、外を見つめるアリシアの横顔には緊張がにじんでいた。

強い決意を表して、その身に纏うドレスは彼女の象徴である鮮やかな青だ。その横に付き従う黒髪の補佐官は、美しいアメジスト色の瞳を彼女に向けた。

「震えていますね」

「少しだけよ」

隣を見上げて、アリシアは凛とした笑みを浮かべた。

「お前が一緒にいてくれるのだもの。怖いものなんて、少しもないわ」

「あなたという方は」

呆れ半分、クロヴィスは口角を吊り上げる。そして彼は、胸に手をあてて恭《うやうや》しく頭を垂れた。

「お守りします、姫君。我が身に代えて」

「だから、誓いの言葉が重いってば」

思わず、アリシアは小さく吹き出した。クロヴィスがそれを狙ったのかはわからないが、おかげで体の強張りがいくらかましになった。小さな体を奮い立たせて、アリシアはくるりとドレスの裾を翻し、足を踏み出した。

「行きましょう、クロヴィス。戦場は、すぐ目の前よ」

「御意」

抜けるような晴天の中、どこかで鳥の声が響く。その声は、大広間で王族が現れるのを待つ、名だたる名家の当主たちの耳にも届いた。

そうして、歴史あるハイルランド王国に、ひとつの戦いの幕が切って落とされた。

番外編

青薔薇姫のやりなおし革命記

Princess Blue Rose and Rebuilding Kingdom

クロとクロ

「かわいいーー!!」

教会の庭に響いた少女の弾んだ声に、世話役の手伝いで午後のお茶の片づけをしていたクロヴィスは、手を止めて振り返った。

声の主は、やはりというか、彼の主人であるアリシアだ。

今日はお忍び視察のため、トレードマークである空色の髪を深いローブの下にすっぽりと隠しており、ぱっと見ただけでは、この小さな少女が現王の唯一の娘、アリシア姫だと判断することは難しい。

エドモンドたちをはじめ、教会の世話役や子供たちも、彼女の正体に気がついた様子は見られない。彼らに囲まれて、一緒になってしゃがみ込むアリシアの年相応の子供らしい仕草に、クロヴィスの口元には自然と笑みが浮かんだ。

「どうかしましたか、アリス？」

「クロ……お兄さま!!」

世話役に断りを入れてからクロヴィスが輪の中心に向かうと、ぱっと振り返ったアリシアが笑顔の花を咲かせた。

彼女の身分を隠すために、クロヴィスとアリシアとは年の離れた兄妹ということにしている。敬愛する主人を妹として扱うことに、抵抗があったことは否めない。だが、実際に町に出てみれば、自分を信頼し、まるで本物の兄のように頼ってくれるアリシアに、クロヴィスも思いのほか今回の視察を楽しんでしまっていた。

今も、嬉しそうに自分を見上げる無邪気な笑顔に、身分も立場も忘れて、彼女を思い切り甘やかしてやりたい衝動に駆られる。

正直な話、自分がこのような感情を持つこと自体、クロヴィスは不思議であった。子供の相手をすることは嫌いではないが、誰かに特別に執着したり、保護欲を刺激されたりすることは今までなかった。

これでは、城に置いてきたふたり——アリシアをこよなく愛する侍女たちと変わらないなと、クロヴィスはひとり苦笑した。

「とても嬉しそうな声がしましたが……。何か、見つけましたか？」

「見て、お兄さま。この子、すごく可愛いのよ」

そう言って、アリシアは両手で抱えたふわふわとした生き物を、クロヴィスに見せた。

それは、小さな子猫だった。

よほど人に慣れているらしく、初めて会うはずのアリシアに抱かれても怖がる様子を見せず、むしろ気持ちよさそうに喉を鳴らして、頭を少女の胸にこすりつけている。

感心して覗き込むクロヴィスに、アリシアを囲む子供たちのひとり、エドモンドが得意げに鼻の下をこすった。

「教会に迷い込んできたのを拾って、みんなで世話をしているんだぜ。……なあ、クロ。こいつの名前、なんだかわかるか？」

「は？」

含みのあるエドモンドの声に、なんとなく嫌な予感がした。

改めて子猫を見てみれば、子猫は呑気にあくびをしているところだった。何か変わった特徴があるかと言われれば、そういうわけでもない。どこにでもいそうな黒い猫だ。強いて挙げるならば、くりりと主張する大きな瞳が、紫というのは珍しい……。

（ん？）

引っかかりを覚えて、クロヴィスは首を傾げた。

黒い毛並みに、紫の瞳？

「……お兄さまと一緒？」

「正解！」

ぱちりと指を鳴らして、エドモンドはにやっと笑った。

「そいつ、クロっていうんだぜ！」

「すてき！　あなた、クロっていうの？　ぴったりよ！」

クロと呼ばれた子猫は、にゃあ、と嬉しそうに鳴いた。

どうだ！　といわんばかりに得意げなエドモンドに、クロヴィスは溜息をついた。

「名づけたのは君だな？」

「そうだよ。な、いい名前だろ？」

「いい名前、か……？」

たしかに、子猫の特徴はクロヴィスとまるっきり同じだ。

そうすると、なんとなく複雑な心地がして、子猫に向けるクロヴィスの目もじっとりとしたものになってしまう。視線の先で、ますます子猫を気に入ったらしいアリシアが、これでもかと猫を愛でているので尚更だ。

「クロちゃん〜。よしよし、いい子ね」

「……アリス」

「甘えん坊さんね、クロ。……どうかした、お兄さま？」

「その名を連呼するのはやめてくれませんか？　ついでに、子猫をおろしてやってくれると、ありがたいのですが」

「どうして？」

「なんというか、複雑です」

「ふーん？」

子猫を抱きしめたまま、アリシアはいたずらっぽく笑みを浮かべた。愛らしい顔はいつもと同じなのに、悪魔の尾が生えているように見えるから不思議だ。

するとと彼女は、あろうことか、子猫に頬ずりを始めた。

「いや。この子は、絶対におろさない」

「あ、こら！」

「だーめ。かわいいものは、ちゃんと可愛がらなきゃ。ねー、クロちゃん」

とっさに捕まえようとしたクロヴィスの手をするりとかいくぐって、アリシアが空色の瞳でクロヴィスを見上げる。猫を可愛がりたいのも本当なのだろうが、それ以上に、彼女がクロヴィスの反応を面白がっているのは明らかだった。

「クロも、私に抱っこされたいよねー。私のこと、好きよねー」

（そう来ますか……）

にゃあ、という気の抜ける鳴き声を聞きながら、クロヴィスは腕を組んだ。

彼女のいたずら好きは、間違いなく父王譲りだ。そうした無邪気な性格も、彼女がみなに愛される所以のひとつであり、クロヴィス自身、好ましく思っている。

だから、いつもであれば、苦笑のひとつでもして終わらせていただろう。

しかし、今日は不思議と、彼女の仕掛けたいたずらに一矢報いたい気分だった。

兄妹という本日限りの設定が、そのように働きかけるのだろうか。自分でも子供じみていると思うが、すっかり勝った気でいる少女にあっと言わせたかった。

と、そのとき、ひとつの名案が閃いた。

「……そうですね。愛らしいという感情は、きちんと態度で示さねばならない」

「お兄さまも、そう思うでしょう？」

「もちろん。──だから、私もアリスを見習いましょう」

「え？　って、きゃ⁉　お兄さま⁉」

クロヴィスは素早くアリシアを捕まえると、芝生に腰かけた。そして膝の上に彼女を座らせて、逃げられないように、それとなく子猫ごと腕の中に閉じ込めた。

「ちょっと⁉　なに、これ？　お兄さま、おろして……」

「ダメですよ、アリス。そんなに暴れたら、子猫がびっくりするでしょう？」

「そうだけど、そうじゃなくて！」

「──あなたが言ったんですよ？」

ほかの子供たちに聞こえないよう、こっそりと耳打ちすれば、少女は真っ赤になって振り返った。彼女の抗議を込めた視線に、クロヴィスは思わず笑みが浮かぶのを感じながら、わざと挑発的に顔を覗き込んだ。

「かわいいものは、きちんと可愛がらなければ。私も、あなたを愛らしいと思いましたので、自らの心に従ったまでです」

「……っ！　す、好きにすれば」

「では、お言葉に甘えて」

にこりと微笑みかければ、アリシアはびくりと肩を揺らした後、ぷいっと顔を背けてしまった。どうやら、機嫌を損ねてしまったらしい。といっても、それが照れ隠しによるものなのは明らかであり、却《かえ》ってクロヴィスを愉快にさせた。

しかし、自分と彼女とは、あくまで従者と主人。彼女と戯れるのも、このあたりが潮時だ。

そっぽを向いたままの小さな頭を、クロヴィスはフード越しにぽんぽんと叩いた。

「すみません、やりすぎました。これ以上しませんので、こちらを向いてはくれませんか？」

「……いいわよ。もう少し、このままで」

返ってきたのは、意外な答え。

虚を衝かれて彼女を見れば、「嫌じゃないもの」と拗《す》ねたように口を尖らせ、アリシアは付け足した。

ややあって、クロヴィスの胸はじんわりと温かいもので満ちた。

アリシアだけだ。甘やかしたいのも、必要以上にかまいたくなるのも、この手で守りたいと思うのも、全部この、愛らしい姫君だけだ。

「では、アリス。この後はどうしましょうか？　このまま、私の膝でお休みしますか？　それとも、本でも読んで差し上げましょうか？」

「ちょっと、こら！　調子に乗らないの!!」

「……お前ら、仲いいよなあ」

蕩《とろ》けそうな笑みを浮かべて「妹」を閉じ込めるクロヴィスと、真っ赤になってじたばたと暴れるアリシア。そんなふたりに、エドモンドが呆れた顔をする。

にゃあ〜、と。

エドモンドに同意するように、黒い子猫が柔らかく鳴いたのだった。

うちの坊ちゃんは、ちょっとばかし面倒ください

エアルダールへの視察団が、戻ってくる。

先王の代からの悲願を託された、輝かしい若者たちの帰還を祝福するべく、その日はエグディエル城に多くの貴族が集まった。

しかし、城に集まったのは、貴族の客人だけではない。帰還した若者たちを迎える、それぞれの家の従者たちもまた、馬車を用意して彼らの帰還を待ちわびていたのだ。

そうした従者のひとり、サザーランド家の使用人アルベルトもまた、城の外にて控えていた。

一応、使用人たちの控室も用意されているのだが、今はどこの家の使用人もそこではなく、各家が所有する馬車のまわりでせわしなく働いている。なぜなら、先ほど視察団が城に到着し、荷物が使用人たちに引き渡されたからだ。

一緒に来たほかのサザーランド家の使用人と共に、アルベルトも引き取った荷物をせっせと馬車に積み込む作業を続けていた。けれども、それもあと少しで終わりだ。

最後の荷物を積み込みながら、アルベルトはエグディエル城の石壁を見上げた。

今頃、中では視察団の慰労式典が華々しく開催されているはずだ。アルベルトが待つ「若旦那様」の得意げな顔が、瞼の裏に浮かぶようだ……。

と、そのとき、アルベルトの背後で木製の扉が荒々しく跳ね開けられた。

「アル‼　ここにいるか⁉」

聞き覚えのある、しかし、今ここで聞こえるはずのない声に、アルベルトは半信半疑で振り返る。そして、扉のところで仁王立ちする青年の姿を見つけて、思わず目を白黒させた。

「リディ様⁉」

2年ぶりの再会だが、見間違えるわけがない。彼こそがサザーランド家嫡男、リディだ。

だが、なぜ彼がここにいるのだろう。城から受けた説明によれば、式典の後は舞踏会などもあり、終わりそうなタイミングを教えてもらってから、正面に馬車をまわす手筈になっていたはずだ。

それなのに、なんだって使用人用の裏口から、式典用の礼服に身を包んだリディが飛び出してくるなどという事態になっているのだろう。

アルベルトは、ただただ混乱した。そんな彼のことを、リディもすぐに見つけたらしい。不機嫌さを隠しもしない顔で「ふんっ」と鼻を鳴らすと、さっさと階段を駆け下りて、一直線にアルベルトのところへと向かってきた。

「僕が呼んでいるんだ、ちゃんと答えろ！　それから馬車を出せ。家に帰るぞ！」

「はい。え、はい⁉　あれ、だって、舞踏会は？」

「ああ、もう！　僕が帰ると言っているんだ！　さっさと馬車を出すんだ！」

その場で地団太を踏みかねないリディの様子に、アルベルトは戸惑った。いくらサザーランドが名家といえども、王城で催される舞踏会を、それも主賓のひとりが早々に抜け出してしまっていいのだろうか。

どうしたものかと、アルベルトはほかの使用人をちらりと見やった。――途端、彼らにさっと目をそらされた。リディ一番のお気に入り、アルベルトに任せると言いたいらしい。

ややあって、アルベルトは諦めて肩を落とした。

リディはこれでも、サザーランド家の名誉を汚すことは絶対にしない。どんなに怒っていても、最低限、出なくてはならないところまでは出てから、飛び出してきたはずだ。

きっと、そうだ。うん、そう信じよう。

「わかりました。どうぞ、馬車にお乗りください」

「最初から、そう答えればいいんだ。荷は積み終わっているんだろうな？」

「もちろんです。ちょうど終わったところで、いいタイミングでしたよ」

「なら、いい。僕は疲れた。中で眠るから、起こすなよ」

言葉とは裏腹に、イライラした様子を見せるリディは、ひと眠りなどできそうもない。

だが、わざわざ癇癪玉を突っつくこともない。アルベルトはにっこり笑って、出発の準備が整ったばかりの馬車の扉を開けて、中にリディを入れてやった。

御者席に座り、手綱を握ったところで、改めてアルベルトは嘆息した。

さてはて、いったい、リディはどうしてしまったというのだろう。

そういえば馬車に乗り込むときに、「おのれ、クロムウェルめ」とぶつぶつと恨みがましく呟いていたので、視察団仲間と仲たがいでもしたのかもしれない。

そのことに思いあたり、アルベルトはやれやれと首を振った。

リディには、こういう困ったところがある。

アルベルトよりもずっと賢く、サザーランド家嫡男として申し分ない彼であるが、とんでもない負けず嫌いなのだ。おまけに小さい頃から周囲に甘やかされたせいで、(間違っても本人には言えないが)いささか傲慢な性格に育ってしまった。そんなわけで、一度、敵対心を抱いた相手には、完膚《かんぷ》なきまでに優位を示さねば気が済まないのだ。

わがままで傲慢。おまけに、(よくも悪くも)確かな自信に裏打ちされた、圧倒的なプライドの高さ。

そんな彼のことを、使用人仲間の内には、苦手に思う者もいる。

だが、アルベルトはそうではない。困ったところもあるし、ときどき、面倒くさいなと思うことがないわけではないが、嫌いではなかった。

なぜなら、リディにも昔は可愛いところがあったのだから――。

幼い頃のリディは、今以上に面倒くさかった。

具体的にどう面倒くさかったのかといえば、彼はしょっちゅう、アルベルトに対抗してきたのだ。公爵家の嫡男が、たかだか平民の子にすぎないアルベルトに何を張り合うんだという話だが、リディにとって、それはお気に入りの遊びらしかった。

アルベルトは、サザーランド家に仕える執事の息子として生まれた。ある程度大きくなってからは、母も屋敷に住み込みで働くようになり、アルベルト自身、サザーランド家の屋敷で育ったようなものである。

そうした事情や年が近かったせいもあり、幼いリディはアルベルトをすぐに気に入った。今にして思えば、身分がまるで違うアルベルトを、リディが近くに置いたこと自体が奇跡である。だが、当時の彼は今よりもずっと素直だったし、何よりアルベルトという子分ができたことで得意になっていたのだろう。

と、これだけなら幼い頃の微笑ましい一面で済んだのだろうが、そうはいかない。

リディは歴史、文学といった座学から、馬術や剣術といった実技に至るありとあらゆる習い事について、事あるごとにアルベルトに披露したがった。

「どうだ、アル！　同じことを、お前もできるか？」

当たり前だが、執事の息子にすぎないアルベルトが、リディと並べるわけもない。もちろん、マナー講座などはアルベルトも叩き込まれたし、サザーランド家に仕えるために必要な知識はあれこれと学んだ。だが、次期当主として育てられているリディにはレベルの高い家庭教師が何人もつけられており、そうした積み重ねが徐々に差として現れるのである。

だからアルベルトは、素直に首を振る。

「坊ちゃんはさすがです。僕には、とても同じことはできません」

「ふふん。そうだろう、そうだろう。なんたって僕は、父上の息子なのだからな！」

アルベルトの返事に満足したリディは、必ずそう言って得意げに胸を張った。

何度となく繰り返されたやり取りに、よく飽きないものだとアルベルトは呆れていた。それに、正直に言えば、面白くなかった。

公爵家の子と張り合っても勝てるわけがないのはわかっていたが、アルベルトだって男の子だ。「お前の負けだ」と何度も確認されて、腹が立たないわけがない。

だから、顔には出さないものの、初めの頃はリディがあまり好きではなかった。

そんなリディに対する認識が変わったのは、アルベルトが屋敷に住むようになって、半年ほどたったある日のことだった。


その日アルベルトは、お屋敷を抜け出して、近くの川に遊びにきていた。

お屋敷にはリディ以外には年の近い子供もいないし、そのリディも顔を合わせれば自慢ばかりしてくるので、ときどきアルベルトはこっそりと外に出て、町の子供たちと遊んでいた。

同じ平民の子同士、彼らとは気が合った。

しかし、平民の子でありながら領主の屋敷で暮らし、そこそこの教育を受けることを許されたアルベルトのことを、よく思わない連中もいた。そのことを知ったのは、川で顔見知りの子たちと遊んでいたところを、ガキ大将のような3人組に邪魔されたときだ。

体格の大きな3人組だった。身なりはそんなに悪くはないが、いじめっ子として有名だったらしく、初めて彼らに出くわしたアルベルト以外の子たちはみな、震え上がっていた。

ほかの子を背中に庇いながら、アルベルトは3人組を睨みつけた。

「なんだい、君たち。僕に何か用かい」

「お前だろ。しょーにんの子のくせに、貴族のおぼっちゃん気取りってのは」

「やーい、やーい。しょーにん。しょーにんの、びんぼーにん」

「俺たちのうちは、しょーにんなんだぞ。しょーにんのほうが、しょーにんよりずっと、お金持ちなんだぞ。俺たちのほうが、お前なんかより偉いんだぞ」

「なんだい、それ。そんなこと言いに、わざわざ来たのかい」

アルベルトが呆れて言い返せば、3人組はきょとんと顔を見合わせた。てっきり、アルベルトが恥じ入って怒り出すと思っていたらしい。目論見が外れた彼らは、顔を真っ赤にしてまくし立てた。

「こいつ、生意気な！」

「お前なんか、領主様のとこのぼっちゃんの腰巾着だってのに！」

「やーい、腰巾着！　たすけて〜、リディぼっちゃま〜」

「僕は、坊ちゃんの腰巾着なんかじゃない‼」

　これには、さすがのアルベルトもかちんと来た。すると、3人組は我が意を得たりとばかりに大喜びで、すかさず「腰巾着、腰巾着」とはやし立てた。

　頭に来たアルベルトは、3人組にひとりで突進。だが、体格の大きな3人に細身のアルベルトひとりで敵うわけもなく、あえなく撃沈。あちこちを殴られて、3人組が飽きて立ち去った頃には、すっかりボロボロになったアルベルトが倒れていた。

　痛む体を引きずり、アルベルトがなんとか屋敷に戻ると、運悪くリディと出くわした。いつものように、何かしらの自慢をしようと勢い込んできたのだろうが、傷だらけのアルベルトを見た途端、リディは目を吊り上げた。

「どうしたんだ、アル！　その怪我はどうした？　誰にやられたんだ？」

「……なんでもありません。こんな傷、ぜんぜん大丈夫です」

「そんなわけあるか！　あ、お前、さてはまた内緒で町に出ていたな？　答えろ。お前をこんな目に遭わせたのは、どこの子供だ？　僕が成敗してやる！」

「大丈夫ですってば！　坊ちゃんには関係ないでしょ！」

　思わず、きつい言葉が出てしまった。

しまった。後悔したときには遅くて、案の定、リディの顔はみるみる赤くなった。

「な、な、なんだ!! 僕が心配してやったのに!!」

「坊ちゃん、ごめんなさい。僕は……」

「もういい、お前なんか知るもんか。勝手にしろ！」

くるりと身をひるがえし、アルベルトが止める間もなく、リディは走っていってしまった。

捨て台詞のような荒々しい言葉を叩きつけられたが、腹は立たなかった。顔を背ける刹那、リディの瞳に大きな涙が浮かぶのを見てしまったのだ。

(坊ちゃん、泣いていたな)

自慢ばかりで面倒くさいことの多い彼だが、アルベルトのことは本気で心配してくれたらしい。そのことを思うと、傷つけてしまったことに胸が痛んだ。

けれども、アルベルトにも彼なりに、リディに甘えたくないという意地があった。

普段からリディに対してくすぶっていた劣等感が、3人組に腰巾着とからかわれたときに、アルベルトの中で爆発してしまったのだ。

もし、ここで3人組のことを打ち明けたなら、リディは必ず何かしらの方法で彼らを懲らしめようとする。そうなれば、本当にアルベルトは、リディの腰巾着として子供たちに刻まれることだろう。それだけは、アルベルトのプライドが許せなかった。

(これは、僕の問題だ。僕が、あいつらと決着をつけるんだ)

リディには悪いが、アルベルトはあちこち痛む体を抱えて、そう誓った。


リベンジの機会は、すぐに訪れた。

同じ川にいれば、そのうち向こうから現れるだろうと踏んでいたのだが、見事に読みが当たった。アルベルトが仲間と一緒に川辺に集まっていると、草むらをかき分けて、にやにやと笑みを浮かべた3人組が姿を見せたのだ。

「なんだ、腰巾着。また来たのかい」

「ぼっちゃんと一緒じゃなくて大丈夫なのかい？」

「ぼっちゃんがいないと、怖くてぶるぶる震えちゃうんじゃないかい」

「やーい、腰巾着。腰巾着」と、彼らは面白がってはやし立てた。

そんな彼らを見据えて、アルベルトは腕を組んで仁王立ちした。

「やっと来たな、いじめっ子ども。今日は君たちをこらしめにきたぞ」

「へえ、どうやって？」

「ひょろひょろの貴族もどきのくせに」

「わかったぞ、ぼっちゃんに泣きつくんだろ。たすけて〜、ぼっちゃん〜」

くねくねと体をくねらせる3人組に、アルベルトはにやりと笑った。

「違うよ。君たちをやっつけるのは、いじめられっこ同盟だ！」

「そーら、かかれー!!」

「おぉー!!」

号令と共に、あちこちの草むらで子供たちが立ち上がる。ざっと10人はいる大勢の子供たちに、いじめっ子3人組はぎょっとしてたじろいだ。

「ひ、卑怯だぞ！」

「たぜいにぶぜいだぞ！　弱いものいじめはカッコ悪いんだぞ！」

「おだまりよ、どの口が言うんだ。君たちだって、僕ひとりに3人で向かってきたじゃないか。恨むなら、みんなをいじめてまわってきた自分たちを恨みなよ！」

そうして、アルベルト率いる「いじめられっ子同盟」は、一斉に3人組にとびかかった。


「お、おぼえてろー！」

半泣きで走り去っていく3人組の背中に、わっと歓声が上がる。

やった、やったぞ、と喜び合ってから、アルベルトたちは川辺に大の字に寝転んだ。

3人組は、10人がかりで立ち向かっても強かった。当然だ。いじめられっ子同盟だけあって、もともとが喧嘩強くない子たちの集まりだ。けれども、ちゃんと勝てた。

達成感でいっぱいになり、アルベルトは空を見上げながら、大きく息を吐いた。

と、そのとき、森の中で乾いた枝の割れる音が響いた。

「な、なんだろう」

「まさか、奴らが帰ってきたんじゃ……」

「――ううん、そうじゃないと思う」

思いあたる節があるアルベルトは、怯える子供たちをなだめてから、ひとりで森の中を駆けた。そして、しばらく行った先にある小道に見慣れた馬車が止まり、小さな背中がそれに乗り込もうとしているのを見た。

「坊ちゃん!!」

アルベルトの呼びかけに、馬車にかけられた足がぴたりと止まる。ややあって、リディは不機嫌そうに眉を寄せて、振り返った。

「なんだ、アルベルトか。こんなところで、偶然だな」

「いやいや、こんな場所で偶然なわけないでしょ！　僕のあと、つけてきたんですよね？」

「ちがう！　……いや、うん。お前がこそこそしていたからな。ちょうど町に出たい気分だったし、なんとなく同じ方向に来てみただけだ。それだけだ」

そういうリディの瞳は、あからさまに泳いでいる。大方、屋敷を抜け出すアルベルトを見つけて、心配して追いかけてきてくれたのだろう。

それだけでも驚きだが、だとしたら、わからないことがある。

「どうして、放っておいてくれたんですか？」

リディの性格から考えて、あれだけの大騒ぎが目の前で起きてたら、すぐに怒って出てきそうなものだ。けれども、実際には一度も口を出さないまま、静かに立ち去ろうとした。

不思議に思ってじっと見つめると、やがてリディはきまり悪そうに目を逸《そ》らした。

「僕が口出ししたら、アルが嫌がるだろ」

「……え？」

「僕だって男だ。譲りたくない意地があることぐらい、ちゃんとわかるさ」

それに、勝ちそうだったしな、と。リディはついでのように付け足した。

なんだか無性に嬉しくなって、アルベルトは大声で叫びたいような心地がした。

あんなに怒っていたのに、黙ってついてくるほど心配していたのに、最後にリディはアルベルトの意志を尊重してくれたのだ。

（そっか、この人は……）

「けど、次はないからな！　あいつらの顔は覚えたぞ。次にお前を傷つけることがあれば、父上に言いつけて、家ごとつぶしてやる！」

思い出したように、きゃんきゃんと吠えるリディに、アルベルトはぷっと吹き出した。

「だめですよ、坊ちゃん。坊ちゃんは次期当主様なんだから、町の人には優しくしなきゃ。そんなおーぼーなこと言っていると、嫌われちゃいますよ」

「知るか！　どこの馬の骨と知らない奴より、お前のほうがずっと大事だ！」

「それは嬉しいけど、だめですってば」

「ああ、もう！　思い出したら腹が立ってきた！　あいつらめ、覚えてろ！」

森の中に、リディの怒りの声が響く。

それが妙におかしくて、アルベルトは声を上げて笑った。

その日、アルベルトはリディのことが好きになったのだった。


（あのころはリディ様も、単純でバカで可愛げがあったんだけどな……）

決して本人には言えないことを内心に呟きながら、アルベルトは大きな屋敷の前に馬車を止めた。長旅で疲れているリディを気遣い、シェラフォード領ではなく、王都エグディエルに構えるサザーランド家屋敷に数日滞在する運びとなっているのだ。

「若旦那様、アルベルトです。屋敷に到着しましたよ」

「わかった」

呼びかければ、すぐに返ってきた答え。

やはり、リディは馬車の中で眠りはしなかったらしい。扉を開けてやると、むすりとした顔のリディが降りてきた。

「旦那様が、屋敷に到着したら文を出すようにと、リディ様に仰っておられます」

「もちろん、そのつもりだ。僕も、父上に至急伝えなければならないことがある」

いらいらと答えたリディだったが、ふと、その足が止まった。首を傾げるアルベルトに、リディはくるりと振り返ると、積荷を親指でさした。

「あの中に、小樽があっただろ」

「ええ」

「あれは土産だ。屋敷に仕える者で飲め」

「はい。……え⁉」

あちらの酒だと、リディは言った。

小樽といっても、皆で飲む分には十分な量である。本当にいいのかと尋ねれば、「高いものでもないし、家族にはもっといい土産がある」とすかさず答えた。

「いいな。みなには、僕からの土産だときちんと言うんだぞ。サザーランドの男たるもの、時には仕える者たちにも、懐の深さを示さねばならんのだからな！」

それだけ言うと、リディはさっさと屋敷に向かって歩き出した。

使用人たちに土産など、いったいどういう風の吹きまわしだ。呆気にとられたアルベルトは、ふと、ちらりと見えたリディの表情が不服そうな――どことなく拗《す》ねたような色を浮かべていることに気がついた。

だから、思わず叫んだ。

「ありがとうございます!!」

立ち去りかけていたリディが、ぴたりと動きを止める。こちらを見ようとはしない背中に、アルベルトはにっこりと微笑みかけた。

「きっと、みんなよろこびます。……おかえりなさい、坊ちゃん」

「い、今頃いうな！　遅いんだよ、馬鹿者！」

リディはわずかに顔を赤くして怒ってから、今度こそ屋敷の中へと消えてしまった。残されたアルベルトは、顔がにやけてしまうのを止められなかった。

傲慢だったり、プライドがやたら高かったり、扱いづらいところの多いリディだけど、なんのかんの、身内には情に厚いところもあるのだ。そんな彼だからこそ、いろいろとやっかいな部分も丸ごとひっくるめて、アルベルトはリディのことを嫌いではないと思う。

やっぱり、うちの坊ちゃんはちょっとばかし面倒くさい。

そんなふうに、アルベルトはひとりで笑ったのだった。

あとがき

はじめまして。「小説家になろう」でもお世話になっている方はいつもありがとうございます。枢と申します。『青薔薇姫のやりなおし革命記』は、もともとは「小説家になろう」というサイトに載せていた小説でした。

この作品には、自分の「好き」をとにかく詰め込んでおります。中世〜近世的世界、懸命に足掻く主人公、黒髪の有能ヒーロー、忠誠と葛藤と揺らぎ、少しずつ育っていく想い、などなど。あれもこれも「これでもか！　これでもか！」とぎゅうぎゅうに詰めたので、プロットを考えるときも実際に文字に起こすときも、すごく楽しんで書きました。

そんな『青薔薇姫〜』を、書籍という形でお届けすることができて、とても嬉しく思います。初めて手に取られた方も、そうでない方も、楽しんでいただけましたでしょうか？　少しでもみなさまの心に響いたら嬉しいなと、今はそれだけを考え、あとがきを書いています。

さて、同作の続きは「小説家になろう」にて連載中です。ジャンルは「異世界（恋愛）」です。「はい？」と思った方、すみません。嘘じゃないです。本当です。

正直、作者としても、この物語がどのジャンルに入るのかよくわかっていません。いわゆる「異世界」が舞台ではないですし、じゃあファンタジーかというと魔法はでてこないし、恋愛と言い切るほどにはいちゃいちゃしないし（させたいんです。させたいんですが、この時点ではまだ10歳なんです）……。と、こんなふうに泥沼にはまります。

けれども、そんな『青薔薇姫のやりなおし革命記』を書籍にまとめることができたのは、アリシアの「やりなおし」を見守ってくださった読者の皆様のおかげです。

サイト上で応援してくださっているみなさまに、この場をお借りして御礼申し上げます。感想やメッセージなど、いつも大切に読んでいます。「これ書くとネタバレかな」とか「なれなれしいと失礼かな」とかアレコレ考えて、結局いつも無難なお返事しかできないのですが、その裏ではひとり喜んだり、図星をつかれていろんな意味でどきどきしたりしています。

そして、美しいイラストで物語を盛り上げてくださった双葉はづき様。素敵な姿をふたりに与えてくださり、ありがとうございます。元気いっぱいなアリシアが可愛くて、それを見守るクロヴィスが格好よくて、イラストを初めて拝見したときは喜びのあまり変な声が出ました。

また、出版に向けて支えてくださったみなさま。いつも、本当にありがとうございます。叶うならば、これからもどうぞよろしくお願いいたします。頑張ります。

物語は、まだまだ続きます。王国の未来を変えるために、主人公コンビは様々な「敵」に立ち向かいます。その奮闘ぶり、そして「主人と補佐官」であるアリシアとクロヴィスの時間と共に移り変わっていく微妙な関係性も、楽しんでいただけたらと思います。

やりなおしの生を与えられた王女アリシアと、それを支える補佐官クロヴィス。そんなふたりの物語を、これからもよろしくお願いいたします。

二〇一七年十一月吉日　枢 呂紅

この本を読んでのご意見・ご感想・ファンレターをお待ちしております。
〈宛先〉 〒104-8357 東京都中央区京橋 3-5-7
（株）主婦と生活社 PASH！編集部
「柩 呂紅先生」係
※本書は「小説家になろう」（https://syosetu.com）に掲載されていたものを、改稿のうえ書籍化したものです。

PASH! ブックス

青薔薇姫のやりなおし革命記

2017年12月4日 1刷発行
2021年6月23日 2刷発行

著者 柩 呂紅
編集人 春名 衛
発行人 倉次辰男
発行所 株式会社主婦と生活社
〒104-8357 東京都中央区京橋 3-5-7
03-3563-5315（編集）
03-3563-5121（販売）
03-3563-5125（生産）
ホームページ https://www.shufu.co.jp
製版所 株式会社二葉企画
印刷所 大日本印刷株式会社
製本所 大日本印刷株式会社
イラスト 双葉はづき
デザイン 柊 椋 (I.S.W DESIGNING)
編集 岡部桃子 黒田可菜

 ISBN978-4-391-15091-9